식민주의와 문학

지은이

오무라 마스오 大村益夫, Omura Masuo

1933년 도쿄 출생. 1957년 와세다대학교 제1정치 경제학부를 졸업, 도쿄도립대학교 인문과학연구과 석박사과정을 수료했다. 1964년 와세다대학교 전임강사 임용. 1966년부터 1978년까지 동대학 법학부에서 중국어 담당. 1967년 조교수, 1972년 교수로 임용됨. 1978년 다시 어학교육연구소로 옮겨 2004년까지 조선어 담당. 1985년 와세다대학교 재외연구원으로 1년간 중국 연변대학에서 연구 유학했고, 1992・1998년 고려대학교 교환 연구원으로 한국에 체재했다.

저서로는 『사랑하는 대륙이여ㅡ시인 김용제 연구』(大和書房, 1992), 『시로 배우는 조선의 마음』(靑丘文化社, 1998), 『사진판 윤동주 자필 시고 전집』(공편, 민음사, 1999), 『윤동주와 한국문학』(소명출판, 2001), 『조선 근대문학과 일본』(綠蔭書房, 2003), 『중국조선족문학의 역사와 전개』(綠蔭書房, 2003), 『조선의 혼을 찾아서』(소명출판, 2005), 『김종한 전집』(공편, 綠蔭書房, 2005), 『제국주의와 민족주의를 넘어서』(공저, 역락, 2009), 『식민주의와 문학』(소명출판, 2014) 등이 있고, 번역서로는 『한일문학의 관련양상』(김윤식, 朝日新聞社, 1975), 『친일문학론』(임종국, 高麗書林, 1976), 『조선 단편소설선』 상・하(공역, 岩波書店, 1984), 『한국단편소설선』(공역, 岩波書店, 1988), 『시카고 복만ㅡ중국조선족단편소설선』(高麗書林, 1989), 『탐라이야기ㅡ제주도문학선』(高麗書林, 1996), 『인간문제』(강경애, 平凡社, 2006), 『바람과 돌과 유채화(제주도 시인선)』(新幹社, 2009) 등이 있다.

식민주의와 문학

초판인쇄 2017년 8월 30일 **초판발행** 2017년 9월 10일
지은이 오무라 마스오 **펴낸이** 박성모 **펴낸곳** 소명출판
출판등록 제13-522호 **주소** 서울시 서초구 서초중앙로6길 15, 1층
전화 02-585-7840 **팩스** 02-585-7848
전자우편 somyungbooks@daum.net **홈페이지** www.somyong.co.kr

ISBN 979-11-5905-197-5 94810
ISBN 979-11-5905-082-4 (세트)

값 16,000원
ⓒ 오무라 마스오, 2014, 2017

오무라
마스오
저작집 3

식민주의와 문학

오무라 마스오 지음

COLONIALISM AND
LITERATURE

소명출판

서문_

국제심포지엄 '식민주의와 문학'은 2005년 제1회가 열렸고, 그 이후 매년 한국에서 개최됐다. 올해 2014년으로 제10회째를 맞이해서 일단락됐다. 이 심포지엄의 중심인물은 원광대 김재용 교수이며, 나도 이 심포지엄에는 당초부터 관여해 왔다.

이 단행본은 매년 1회 개최된 '식민주의와 문학' 심포지엄으로 내가 한 발표를 모은 것이며, 새로운 것에서 오래된 순서, 즉 역순으로 배열됐다.

다만 예외가 2편 있다. 첫째는, 제0회라고 할 수 있는 제1회 대회 바로 전해에 원광대에서 했던 강연 기록으로, 김재용 교수는 제반 사정과 내 강연을 계기로 방향을 정하고 심포지엄을 발족시킨 것이라고 생각한다. 그때 원광대 교정에는 벚꽃이 만개해 있었다. 둘째는 제4회 심포지엄에 관해서다. 나는 제4회 대회 때 건강상의 이유로 종합토론에는 참가했지만, 보고는 하지 않았다. 그 대신에 그로부터 얼마 지나지 않은 시기에 인하대에서 열린 같은 테마의 대규모 국제회의에서 '식민주의와 문학' 멤버 대부분이 포함된(따라서 김재용 교수, 오카다 히데키岡田英樹 교수도 참가했다) 회장에서 발표한 내 보고를 그 대신 포함시켰다.

'식민주의와 문학' 국제심포지엄은, 한국·일본·대만·중국 대륙에서 온 발표자가 매년 참석해서 발표하고, 때로는 인도네시아 측이 여기에 가담했다. 주요 멤버는, 한국 측에서는 김재용, 박수연, 이상경, 신정호, 김창호, 서영인, 유수정, 곽형덕이다. 대만 측은 柳書琴, 王惠珍이며, 일본 측은 오카다 히데키, 오쿠보 아키오大久保明男, 하시모토 유이치橋本雄一, 하타노 세쓰코波田野節子, 중국 측은 金長善, 王向遠, 金虎雄, 李光一 등이다.

그 외에도 많은 연구자가 참석했고 또한 대학원생도 몇 명인가 참가했다. 내 보고는 여기 참석한 연구자들과의 토론 가운데 나왔다.

아래에 이 책에 수록된 내 보고 논문의 제목과, 심포지엄이 열렸던 시기 그리고 장소를 명기하고, 더불어 심포지엄 공통테마가 있었을 때는 그것도 적어둔다.

제10회 "제2차세계대전말기의 제주문학자들의 활동"
　　제주대, 2014년 5월 30·31일
제9회 "야포도와 김일선"
　　KAIST(한국과학기술원), 2013년 11월 1·2일
　　공통테마 : 일본제국주의하 / 후의 동아시아문학
제8회 "'만주'시대의 김조규"
　　연세대(원주), 2012년 8월 24일

공통테마 : 일본제국주의하의 동아시아문학

제7회 "제2회 대동아문학자대회와 김용제"

충남대, 2011년 9월 3일

공통테마 : 대동아문학자대회를 되묻는다

제6회 "대동아문학자대회에 참가한 사람, 하지 않은 사람"

KAIST한국과학기술원, 2010년 12월 4일

공통테마 : 대동아문학자대회의 안과 밖

제5회 "이토 에이노스케(伊藤永之介)의 「만보산」과 장혁주의 『개간』"

KAIST한국과학기술원, 2009년 9월 26일

공통테마 : '만주국'과 동아시아문학

제4회 (대체) "도카이산시(東海散士)의 『가인지기우(佳人之奇遇)』와 양계초(梁啓超)의 번역"

인하대, 2009년 12월 3 · 4일

제3회 "안수길의 『북향보』의 의미"

연세대(서울), 2007년 5월 26 · 27일

공통테마 : 근대 동아시아문학에 있어서의 식민과 반식민

제2회 "일제 말기를 살았던 김종한"

연세대(서울), 2006년 11월 24 · 25일

공통테마 : 일제하의 동아시아문학

제1회 "재'만' 조선인 문학의 두 가지 측면"

연세대(서울), 2005년 10월 14 · 15일

공통테마 : 일제하 동북아시아문학

제0회 강연기록 "일본에 있어서의 '만주' 문학 연구 상황"
'식민주의와 문학' 국제심포지엄 개최 개시 이전
원광대, 2004년 4월 6일

뒤돌아보면 10년, 이 심포지엄도 정착됐다고 할 수 있다. 정착하면, 변혁이 필요하다. 10년의 성과를 바탕으로, 새로운 세계를 탐구해 날아올라야 한다. 이 책으로 내 나름의 10년간을 매듭지었다고 할 수 있다.

그 동안 대회를 준비하는 무대 뒤 역할은 쉽지 않았을 것이다. 회의 참석에 필요한 항공권은 자기 부담, 숙박비 및 식비는 주최 측 부담이라는 원칙에 따라서 운영됐다고 하더라도, 참가자의 숙박 장소 섭외나, 발표 회장 운영에서 대회 자료집 작성에 이르기까지, 모두 한국 측의 신세를 졌다. 대학에서 보조가 그 때마다 있었다고는 하더라도, 한국 정부로부터 기금을 받지 않고 운영한 회의였기에, 경제적으로도 그 수고로도 주최 측에 무거운 부담을 지운 것은 사실이다. 이 책의 원고들을 한국어로 번역해 준 심원섭, 서영인, 곽형덕 선생에게 깊이 감사 드린다.

2017년 8월 저자

차례

제1장

태평양전쟁하 제주도문학자들의 활동[*]

1. 들어가며

제2차 세계대전 말기, 제주도 재주 혹은 제주도 출신 문학자로 활동했던 문학자에는 고모토 아쓰히코呉本篤彦(본명미상), 오정민呉禎民(山田映介, 山田榮助, 牽牛生), 이시형李蓍珩(宮原三治), 김이옥金二玉, 김병헌金秉憲, 최길두崔吉斗, 이영복李永福, 양종호梁鍾浩(良原正樹, 良原良樹) 등이 있다. 이 가운데 김이옥, 김병헌, 최길두에 대해서는 김영하金永和와 김병택金炳澤 교수의 연구가 있다.[1] 또한, 이영복, 양종호에 대해서는

---

[*] 이 글은 곽형덕이 번역하였다.

[1] 『제주문학−1900~1945』, 탐라문화연구소, 1995; 김영화, 『변방인의 세계』(개정증보판), 제주대 출판부, 2000.8); 김병택, 『제주현대문학사』 상하, 제주대 출판부, 2010.3.

졸저² 중에서도 논한 적이 있다.

고모토 아쓰히코, 이시형에 대해서는 제주대학의 김영화, 김병택 교수도 다루고 있지만, 1~2쪽 정도의 매우 짧은 글이다.

본 글은 고모토, 이시형을 저자 나름으로 논하고, 이와 더불어 제주문학 연구자가 언급하지 않는 오정민에 대해서도 다룰 것이다.

우선 세 명의 저작활동을 정리해 보겠다.

① 고모토 아쓰히코(1921~?) 본명미상

소설 「귀착지帰着地」, 1941년 국민총력조선연맹 문화부 모집 문화익찬
　　文化翼贊 현상소설에 입선(20세). 제1작. 미견. 인쇄 여부는 불명.

소설 「양지의 집日向の家」, 조선문인협회모집 현상소설 예선 통과. 미견.
　　인쇄 여부는 불명.

소설 「겨울 동백꽃寒椿」, 사법보호소설. 미견. 인쇄 여부는 불명.

각본 〈파도〉, 저축선전극 각본. 미견. 인쇄 여부는 불명.

소설 「긍지矜持」, 『국민문학』 3-9, 1943.9. 필명 '吳本篤彦'를 사용.

소설 「기반羈絆」, 『국민문학』 3-11, 1943.11. 『신반도문학선집』에 채
　　록, 1944.5.25. 유마니서방ゆまに書房에서 2001.9 영인.

소설 「휴월虧月」, 『국민문학』 4-4, 1944.4.

수필 「내가 걸어온 길私の道順」, 『국민문학』 4-5, 1944.5.

소설 「해녀」, 『흥아문화』 9-7, 1944.7? 미견.

2　大村益夫, 「'青年作家'と李永福・梁鍾浩」, 『朝鮮近代文学と日本』, 2003.10.

소설「언덕崖」, 『국민문학』 4-9, 1944.9.

수필「욕의의 도랑浴衣の溝」, 『국민문학』 4-9, 1944.9.

소설「보리피리麥笛」, 『신여성』 3-9~10 합병, 1944.10. 미견.

소설「떡잎双葉」, 『신여성』 3-10, 1944.11. 미견.

소설「난바다는 멀리沖遠く」, 『국민총력』 6-21, 1944.11.

소설「금선琴線」, 『흥아문화』 10-1, 1945.1.

② 오정민(본명, 吳鐵榮. 필명 혹은 창시명 山田映介, 山田榮助, 牽牛生)

평론「신문학新文學과 윤리倫理」, 『매일신보』, 1943.1.20~27(조선어).
　　『매일신보』 신춘문예평론부 2등 입선, 필명 오정민.

평론「극작가에의 희망劇作家への希望」, 『국민문학』 3-2, 1943.2. 필명
　　오정민(이하 같음).

평론「동극東劇의 전통성伝統性」, 『조광』 9-3, 1943.3(조선어).

수필「이 한 길このひとすぢ」, 『국민문학』 3-4, 1943.4.

연극시평「'아랑'의 풍격'阿娘'の風格」, 『국민문학』 3-4, 1943.4. 필명
　　은 견우생牽牛生.

시「묵도黙禱」, 『조광』 9-4, 1943.4.

연극시평「전문기술專門技術의종합회綜合化」, 『조광』 9-4, 1943.4(조선어).

문화소식「반성해야할 연극內省すべき演劇」, 『문화조선』 5-2, 1943.4.20.

평론「현대現代와 신화神話」, 『매일신보』, 1943.4.29~5.2(조선어).

연극시평「가극계歌劇界의 현상現状」, 『조광』 9-5, 1943.5(조선어).

화가「천황의 빛すめらみひかり」, 동양지광, 1943.5. 와카和歌 5수.

문화소식 「극계산책기劇界散策記」, 『문화조선』 5-3, 1943.6.

연극시평 「현대극장의 매력現代劇場の魅力」, 『국민문학』 3-6, 1943.6.

연극시평 「〈에밀래종〉을 보고」, 『조광』 9-6, 1943.6(조선어).

연극시평 「신장新裝한 〈아리랑〉」, 『조광』 9-7, 1943.7(조선어).

평론 「선의의 집결－내문학정신善意の集結－わが文学精神」, 『국민문학』
    3-8, 1943.8.

연극시평 「최근의 극단最近の劇壇」, 『문화조선』, 5-4, 1943.8.15.

단카短歌 「징병찬徵兵讚」, 『녹기』 8-8, 1943.8. 와카 7수.

평론 「징병제와 연극徵兵制と演劇」, 『신시대新時代』 3-8, 1943.8.

평론 「축제의 전야祝祭の前夜」, 『조광』 9-8, 1943.8.

보고 「계연성기禊鍊成記」, 『신시대』 3-9, 1943.9.

연극사표 「신연극新演劇의상모状貌」, 『조광』 9-4, 1943.9(조선어).

평론 「윤리의 계보倫理の系譜」, 『국민문학』 3-9, 1943.9.

좌담회 「문학정담文学鼎談」, 마키 히로시牧洋(李石薰), 김종한, 오정민. 『국민
    문학』 3-9, 1943.9.

평론 「연출의 숙명演出の宿命 1, 2－'시라노'극이 상징하는 것シラノ'劇が
    象徴するもの」, 『신시대』 3-9~10. 1943.9.10. 필명 견우생.

연극시평 「예원좌芸苑座의 '역사歷史'」, 『조광』 9-10, 1943.10.

평론 「결전과 문학決戦と文学」, 『국민문학』 3-12, 1943.12.

평론 「결전문학의 1년－연극의 1년決戦文学の一年－演劇の一年」, 『신시대』
    3-12, 1943.12.

앙케트 소화18년도의 조선예술, 『신시대』 3-12, 1943.12.

보고「경건한 민초敬虔な民草」, 『국민문학』 4-2, 1944.2. 필명은 山田映
　　　介(吳禎民).

보고「충실하고 섬세하게―싸우는 내지 농촌 여성かひがいしく細やかに―た
　　　たかふ内地農村の女性」, 『신여성』 3-3, 1944.3. 필명은 '山田栄助'.

보고「선의에 넘치는 사람들―내지 농촌을 보고善意に需へる人達―内地農村
　　　を見て」, 『홍아문화』, 1944.3. 필명은 '山田栄助(吳禎民)'.

평론「결전문학의 검토」, 『국민문학』 4-4, 1944.4. 필명은 '山田栄
　　　助'(이하 같음).

수필「풍토와 애정風土と愛情 1～2」, 『내선일체』 5-5～6, 1944.5～6.

평론「문학과 받들어 모시는 문제文学と仕奉の問題」, 『국민문학』 4-6,
　　　1944.6.

③ 이시형(宮原三治, 1918~50)

소설「이어도イヨ島」, 『국민문학』 4-8, 1944.8. 필명은 '宮原三治'(이
　　　하 같음).

수필「애정의 날개愛情の翼」, 『국민문학』 4-9, 1944.9.

소설「신임교사新任教師」, 『국민문학』 5-2, 1945.2. 신인추천.

　　위의 글 가운데, 고모토 아쓰히코, 이시형에 대해서는 전 저작을,
오정민에 대해서는 1943년 1월 이후의 저작을 리스트업한 것이다.

2. 고모토 아쓰히코(1921~?)

고모토에 대해서는 알려진 것이 적다. 본명도 죽은 해도 모른다. 자전적 에세이 「내가 걸어온 길私の道順」 가운데 각 현상소설에 응모한 것이 있다. 국민총력연맹문화부 모집의 문화익찬 현상소설에 「귀착지」가 입선해서, 상장수여식에서 야자키矢崎 문화부장, 데라다 에이寺田英, 박영희 등과 동석해서, 데라다 에이로부터 격려의 말을 듣고, "만 20세 애송이였던" 고모토는 "심하게 흥분"한다. 이어서 두 번째 일본어 작품 「양지의 집日向の家」이 조선문인협회모집 현상소설 예선 통과를 계기로 「겨울 동백꽃寒椿」과 「파도」를 발표한다. 「귀착지」와 「양지의 집」은 집필, 투고만 했을 뿐 발표는 하지 않은 것으로 보인다.

고모토의 실질적인 문학적 출발은 『국민문학』 1943년 9월호에 게재한 단편 「궁지」가 '신인추천'작으로 게재된 후부터다.

김영화 교수는 「변방인의 세계辺方人の世界」 가운데,

> 오본(吳本篤彦, ?~?)은 신원미상이다. 그가 발표한 소설을 읽으며 제주도 출신이거나, 제주도 출신이 아니라고 하더라도 제주도에 오래 머물면서 제주도의 사정을 잘 아는 사람이라는 생각이 든다. 그러나 현재로서는 신원을 파악할 수 없다.

라고 하고 있다. 저자도 그 신원을 확인할 수 없었으나, 고모토가 제

주도 사람인 것은 확실하다. 그는 「내가 걸어온 길私の道順」 가운데 말하고 있다.

나는 내선의 인연 깊은 제주도에서 태어나 오늘날까지 살아왔다. 최근 귀성해, 어릴 적부터 왜 그런지 모르는 향수를 불러일으키는 삼성혈三姓穴에, 신운神韻을 찾아 (…중략…) 「신운의 문학神韻の文学」을 진정 자신의 문제로 다루려고 생각하고 있다.

'신인추천'작 「긍지矜持」는 『국민문학』이 1943년에 신인추천제도[3]를 마련한 것을 기회로 투고한 것이다. 3대가 이어진 유서 있는 광양동光陽洞의 구가 저택을 형, 문수의 술주정과 방탕 때문에 매각해야 하는 상황에 내몰린다. 문수는 배도민裴度敏의 딸, 숙희와 결혼할 약속을 했는데, 경성의 전문학교를 나오더니 미인 여자를 데리고 돌아온다. 아버지는 그것을 허락하지 않고 그 여자를 내쫓는다. 그 후 여자가 급병急病으로 죽자, 문수는 아버지 때문에 아내가 죽었다고 하며, 과음과 방탕이 시작된다. 순식간에 집안의 빚이 불어나고, 저택을 팔기에 이른다. 빈약하고 작은 집으로 옮긴 아버지는, 자기 집을 찾기 위해 필사적이 돼서, 고리대금업을 시작한다. 결국 배도민의 원조로 사업을 일으킨 문수는 마음을 바꿔먹고, 자신의 자금으로

---

3 그 후 한국에 정착한 제도. 『국민문학』의 '신인추천제'는 8항목에 걸쳐 규정이 있는데, 6번째는 "추천 2회에 이르게 되면 무심사 집필자로 인정해, 편집부로부터 원고를 의뢰하기로 한다推薦二回に及ぶときは無審査執筆者と認め、編集部より原稿を依頼するものとす"는 규정이 있다.

옛 집을 다시 구매하게 되고, 아버지는 만족 속에서 죽어간다.

이상이 「궁지矜持」의 줄거리이다.

옛 것을 잃고, 그것을 되돌려놓기 위한 집념이 감동적이다. 그 집념을 전개하는 틈틈이, 잠수복을 입고 '휴휴' 날카로운 호흡을 하는 해녀, 그 해녀가 머릿수건을 풀어서, 새파래진 입술을 떨면서, 몸에 입고 있는 것 전부를 벗어던지고 불에 구워지듯이 몸을 데우는 모습. 용두암을 치는 해명海鳴, 대나무 요람을 흔들면서 부르는 제주도 자장가, 서귀포의 귤 밭, 마을 변두리의 동문교, 관덕정 납작한 돌 위에서 장기를 두는 풍경 등의 묘사는, 실로 제주도의 것으로서, 이야기 전개 이상으로 감동적이다.

무엇보다도 이 소설에는 시국이 얼굴을 내밀고 있지 않다. 형 문수가 만주로 건너가 돈을 벌어서 돌아오는 구절 이외에는, 시국다운 것은 전혀 보이지 않는다. 「궁지」가 게재된 『국민문학』1943년 9월호에는 김사량이 「태백산맥」 제7회를 실어서, 역사 유토피아의 세계에서 방랑하고 있었고, 다음 10월호에는 제2회 대동아문학자대회 특집으로, 최재서의 「대동아의식의 자각大東亜意識の目覚め」 외에, 고바야시 히데오小林秀雄, 티엔빙田兵, 시에지핑謝紀平, 바오총신包崇新, 조우진포周金波의 보고가 실리던 시절이었다.

「기반羈絆」은 「궁지」가 실린 2달 후에 『국민문학』에 발표된 작품으로 이것으로 추천이 완료되었다.

「기반」의 무대는 제주도가 아니라 충청도로, 천안을 반환점으로 하는, 천안-장항, 천안-장호원을 잇는 사철 연선의 역전 여관 '도라야屋'이다. 거기서 일하는 권 노인은 본래는 서산 사람으로 고향에서 쫓겨나, 일가가 길바닥에 내몰려 있었는데, 도라야의 주인인 에조에 도고로江添藤五郎의 도움을 받게 된다. 하지만, 아내는 죽고 권 노인과 아들 용삼만이 남게 된다.

여관 주인은 권 노인의 아내의 장례식도 치러주고, 권 노인에게 도라야에서 일할 수 있게 해준다. 용삼은 마침내 성인이 되고 아내도 맞아들인다. 한편, 여관 주인의 아들 순일俊一은 병사가 돼서 전사하고, 주인도 뇌일혈로 쓰러진다. 그 주인에게 은혜를 느끼는 권 노인은 다른 여관의 제안에도 응하지 않고 힘을 낸다. 어느 때, 도라야 여관에 불이 나서, 권 노인은 불타오르는 불길 가운데서 주인을 구출해 내고, 그 아들 순일의 불단의 유영遺影도 구해낸다.

온징 넘치는 주인이 일본인으로, 그 충실한 고용인이 조선인으로 설정돼 있는 것이 흠이라면 흠이지만, 아들 순일의 전사 소식을 듣고, 슬픔을 겉으로 드러내놓지 않은 채, 모녀가 조용히 차를 끓이는 묘사 등은, 신인의 작품이라는 생각이 들지 않을 정도다.

「휴월虧月」은『국민문학』1944년 4월호에 발표됐다. 게이샤芸者 호교쿠鳳玉가 광산에서 일하는 아키야마秋山에 대한 연정이 작품 근저에 흐르고, 게다가 여자청년단 활동이나 보국채권 등의 이야기, 아키야마의 입영 등 시국과 관련된 내용이다. 앞 두 작품과 비교해 보면 다소 질이 떨어진다고 하겠다.

「언덕崖」(『국민문학』, 1944.9)은 나이든 뱃사공 박서방의 이야기다. 두 아들을 지원병으로 보내기까지의 주저와 갈등을 극복하는 과정을 그리고 있다. 마지막은 심한 폭풍우가 몰아치는 가운데, 목숨을 걸고 검사 일시에 맞추기 위해 "병사가 되려는 학생"을 강 반대쪽으로 태워다 주는 장면에서 끝난다.

「보리피리麦笛」와 「떡잎双葉」은 청소년을 대상으로 한 작품인데, 주인공은 14, 15세 즈음의 소녀들이다.

「보리피리」는 현영이라는 소녀가 친구들과 리어카를 끌면서 무기 제작용의 유품인 담뱃대를 공출하려고 오빠를 설득한다. 오빠는 공출에 흔쾌히 응한다. 그것을 '무혈점령'이라 표현하고 있다. 오빠는 징병검사를 받는다면 '갑종 합격' 할 것임에 틀림이 없다. 현영의 친구들은 누가 천인침의 첫 번째 대상이 될 것인가 문제로 소란하다. 오빠는 갑종 합격을 하는데, 식량난 속에서도 현영이 축하상을 차리면서 흥얼거리는 것은 동요 〈개굴 개굴 펄쩍 펄쩍〉이다. 시국 소설이긴 하나 읽은 뒤 상쾌한 맛이 도는 것은 센스있는 유행어의 구사와 밝은 무드 때문인지도 모른다에 이어진다.

「금선琴線」은 『흥아문화』 1945년 1월호에 발표됐다. 세키 히로시関博志는 금마석면金馬石綿(いしわた) 광산에 회계 담당, 오병환은 은행원, 세키는 해군특별지원병에 응모하고, 시험을 치루기 때문에 조선인일 것으로 보인다. 충청남도 일대의 합격자는 대전에 모여서, 부산에서 조선각지의 합격자가 집합하기로 돼있다. 입영하기 전날 밤, 세키는 죽음을 예측하고 오병환을 찾아가, 선조 대대로 전래되는 인롱을 그에게 맡긴다.

창씨개명을 한다 하더라도 가계, 가문을 중시하는 전통은 없어질리 없다고 주장하고 있는 것이다. 수필 「유카타俗衣의 도랑」은, 유카타를 좋아하긴 하나 그것이 좀처럼 몸에 익숙해지지 않는 상황을 그린 것이어서 재미있다.

"나는 유카타를 너무 좋아하지만 묘한 거리감을 느낀다. 더위를 쫓기 위해 입는 유카타가 의외로 땀이 많이 나는 경우가 많다. 해가 있을 때는 도저히 입을 기분이 안 난다, 라기 보다는 용기가 안 난다. 무위도식 건달로 보이기 때문도 아니다. 유카타를 입을 자신이 없기 때문이다."

유카타란 일본 문화의 상징이어서 거기에 익숙해지지 않는다는 발언으로 읽힌다에 이어진다.

3. 오정민

오정민이 제주도 사람이라는 것은 고모토 아쓰히코가 「내가 걸어온 길私の道順」 가운데 다음과 같이 증언하고 있는 것으로 알 수 있다.

내가 국민문학에 확실한 결의와, 신념을 품고 된 것은, 야마다 에스케山田栄助, 히라누마 분보平沼文甫, 가네무라 류사이金村龍齋 씨와 서로 알게 되고 나서부터였다.

야마다 씨는 동향 선배이기도 하고 「궁지」라는 작품은 씨가 제창하는

「윤리의 계보倫理の系譜」에, 일맥상통하는 것이 있다고 해서, 다시 벽지를 찾아와 달라, 질정편달叱正鞭撻을 해달라고 하고 있다.

위 글 가운데 가네무라 류사이는 김용제, 히라누마 분보는 윤두헌, 야마다 에스케는 오정민이다. 신인작가 고야마는 중앙에서 활약하고 있던 동향 출신 오정민이 일부러 제주까지 와서 '시단의 실력자' 김용제와, '평론단의 중심인물' 윤두헌에게 "아직 신참내기로, 미미한" 고야마를 소개해 줬다고 감격하고 있다.

이렇게 보자면, 오정민은 제주도 재주자는 아니지만, 제주 출신인 것은 확실하다.

오정민은 태평양전쟁하에서 왕성한 저작 활동을 보이고 있다. 임종국도 『친일문학론』의 「신인작가론 그 외」 가운데, 두 쪽에 걸쳐서 다루고 있다. 또한 권영민 편 『한국 현대문학 대사전』에도 오정민의 약력이 실려 있다.

그는 문예비평가이며, 특히 연극평론 방면에 출중해, 많은 연극시평을 썼고, 연출도 했다.

그는 『매일신보』(1943.1.20~27)의 신춘현상 당선논문 제2석에 오른 「신문학新文学과 윤리倫理」로 활동을 시작했다. 그 가운데서도, "오늘날 반도의 현실은 구화일색欧化一色으로 외장한 물질주의의 형해形骸만이 남아있다"고 하며 이것을 타파해야 한다고 주장하고 있다.

「신문학新文学과 윤리倫理」의 속편이라 해야 할 「윤리倫理의 계보系譜」(『국민문학』, 1943.9) 가운데서 오정민은 다음과 같이 말하고 있다.

이른바, 윤리의 초원적初源的인 순수함이란, 신대神代로부터 일본인의 혈통 가운데서 전승된 '마코토まこと'의 관념을 말한다. '마코토'라 함은 "밝고, 깨끗하고, 곧은" 마음을 갖고 신에게 귀일하고, 천황에게 귀일하는 것, 그것을 '청명심淸明心'이라고도 한다.

그렇다고 해서, 오정민이 태세에 순응해서 보신을 위해 100퍼센트 친일가로 전환했던 것은 아니다.

야마모토 이소로쿠山本五十六 제독의 전사, 앗쓰섬アッツ島에서의 옥쇄玉碎 등 일본의 전황은 악화되고 있었고, 한편 조선에서는 지원병 제도의 실시, 남녀 청년 훈련소 창설, 학도 출진 등이 있었고,

진의戰意고양이라고 히는 결전문학이리는 구호가 문단에도 향하게 됐는데, 결국 쓸 수 없다는 기대에서 벗어난 탄식을 도처에서 들을 뿐이었다.

戦意昂揚といひ決戦文学といふ掛声が文壇にも向けられたのであったが、結局、書けない、に期待外れな嘆息を至る処で聴かされるのみであった。

— 「決戦文学の検討」, 『국민문학国民文学』, 1944.4

그렇다면 어떻게 할 것인가.

진정으로 황도세계관을 문학화하고, 그 신념 위에 서서 결전적인 현실에 정면에서부터 쳐들어갈 것인가 어떤가. 즉, 작품화된 것이 진짜인지 아닌지 문제의 초점에 맞춰져 있는 것이다.

진지한 그는, 이렇게 문학자의 윤리로 되돌아간다.

오정민은 문학평론자로서의 활동 이외에, 또한 시인, 가인歌人, 수필가로서 작품 활동을 했다. 현란한 아어雅語를 쓰고, 문장의 조탁彫琢 수준은 높다고 할 수 있다. 다만 내용은 평론 이상으로 시국에 민감하다. 같은 시기에 쓴 것도 조선어로 쓴 연극시평 등은 기술면技術面에서의 비평이 많고 나름대로 설득력이 있음에도 말이다.

노랫소리 구름 울리고 발소리 땅을 흔드네. 전사 출정하네.

오늘 비로서 하늘 암굴 열렸도다. 돌이켜 보니 긴 어둠이었네.

신 앞에 재계하고 기도 올리네. 님의 광휘 퍼지는 아침

歌ごゑは雲に嚮かひ足音は地もとどろなりつはものの征く

今にして天の岩戸も開かれぬ想へば長き闇夜にしありける

神前に祓ひおろがみ祈るなる君か御稜威の茜さす朝

앞 두 수는 「징병찬徵兵讚」(『녹기』, 1943.8)에서, 뒤의 한 수는 「천황의 능위すめらみひかり」(『東洋之光』, 1943.5)에서 가져왔다. 일본어 독자를 상정하고 썼던 것인가. 애처로움에 말을 잃게 된다.

그는 5년간 일본에서 생활했다. 「이 한 길ー어느 벗에게 보내는 답장このひとすぢー或る友人への返書」(『국민문학』, 1943.4)에서, 아마도 자작으로 보이는 하이쿠,

각자에게 꽃이 자라지 않는 마을이 없네 おのおのに 花の育たぬ 里ぞなき

를 들고 나서,

오는 날도 오는 날도, 쓰지도 못하는 걸작을 꿈속에 그리면서, 허무하게 보냈던 동경에서의 5년 간. 그로부터 다시 현해탄을 건너, 우리 집의 문지방을 넘었을 때의 정신적 피로와, 쓸쓸함.

을 쓰고 있다. "각자에게 꽃"피는 마을을 꿈꾸다가, 자기 집에 돌아가 "정신적 피로와, 쓸쓸함"을 느끼는 것에서는, 일종의 문학적 방향성의 전환을 예상하게 한다.

『흥아문화』 1944년 3월호에 실린 「선의에 넘치는 사람들善意に溢へる人達」에서 "7년만의 내지 방문"이라고 쓰고 있으므로, 역산해서 1932년부터 37년 사이에, 일본에 체재한 것을 알 수 있다. 그 사이, 1943년 이후, 그 자신이 부정하고 있는 서구문화를 많이 섭취했을 것이다. 부정하고 있음에도, 그의 평론에는 다수의 일본 고전에 이어서, 도스토예프스키, 릴케, 지드, 니체, 게오르게 등의 인용이 화려하게 나열돼 있다.

전거한 『한국 현대문학 대사전』에 따르면, 오정민은,

1938년 2월 이른바 "재일본 프롤레타리아 연극계 조선 진출 사건"으로 김일영, 강호姜湖, 추적양秋赤陽 등과 함께 구속된 후 전향을 하였고, 이후

국민연극 시기 친일적 연극평론가로서 활동하였다. 광복 직전 일본으로 돌아가 광복 후에도 귀국하지 않고 일본에서 활동한 것으로 알려져 있다.

재일시대의 오정민의 연극활동에 대해서는 박영정『한국 근대연극과 재일본 조선인 연극운동』(월인, 2007.2)에서 구체적이다. 그는 1932년에 일본에 와서, 1936년부터 활동을 시작해, 1938년에 일본 경찰에 구속돼 귀국했다.

오정민이 후반생을 일본에서 보냈는지 어떤지는 알지 못한다. 이른바 친일문학에 발을 담구고, 해방 후 한국에서 활동을 계속한 작가는 많다. 한편, 한국에 있으면서, 해방 후 죽을 때까지 긴 시간동안, 문학 활동을 하지 못했던 작가도 있다(김용제의 경우는 해방 후 죽을 때까지 49년간). 해방 후, 미국에 삶의 터전을 가꾼 이도 있다. 한국보다 친일문학에 대한 추궁이 엄하지 않았던 조선민주주의인민공화국을 마지막 안식처로 삼았던 자도 있다.『한국문학대사전』의 기술이 정확하다면, 일본에서 여생을 보낸 오정민과 같은 작가도 있는 것이다. 우리들은 이것을 어떻게 생각해야 할 것인가.

4. 이시형

제주대학교 탐라문화연구소 편『제주문학 1900~1949』에 따르면, 이시형의 이력을 다음과 같이 기록하고 있다.

북제주군 애월涯月에서 출생. 경성사범 강습과를 나와서 소학교 교사를 했고, 혜화전문학교惠化專門學校 흥아과興亞科에 입학. 1942년 졸업했다. 함경북도에 있는 금성공립농업학교錦城公立農業學校의 교사를 거쳐, 1943년부터 해방 후까지, 제주농업학교 교사를 했다. 宮原三治의 이름으로「이어도イㅋ島」가 1944년 8월호에,「신임교사新任敎師」가 1945년 2월호에『국민문학』에 추천돼, 문단에 등단했다.

이시형은 수필「애정의 날개」(『국민문학』, 1944.9)에서 자기 작품의 창작의도를 보여주고 있다. 26살 때 일이다.

인간은 환경에 지배돼 무의식에 구렁텅이의 웅덩이에 빠질 때가 있다. 그것에 빛을 비추는 것은 작가의 책임이 아니겠는가? 나는 그 의식하에서 미숙하나마「이어도」를 써봤다.

인간은 제멋대로의 동물이다. 한 번 나쁜 놈이라고 정해버리면 그것이 언제까지고 잠재의식이 ××(2자 불명, 'て相'?) 상대방을 바라볼 때 그것이 작용한다. 보여지는 사람은 언제까지고 떠오르지 않는다. 그것에 사적인 정에서 탈피해 커다란 애정의 날개로 그를 감싸 안을 때, 그는 빛을 얻어서 사는 보람을 느낀다. 이러한 실제 예는 학교 방면에 특히 많다. 나는 그 생각으로「신임교사」를 썼다.

여기에서는 「신임교사」를 썼다고 하고 있는데, 이 작품의 발표는 1945년 2월로, 「애정의 날개」 발표 5개월 후이다.

더욱이 「애정의 날개」에서는 "차가운 어둠밖에는 모르는 고아들에게 이상을 안겨주는" 「토필土筆」이라는 작품을 쓰려고 했던 것 같은데, 이것은 발표하지 못하고 끝났던 것으로 보인다.

「이어도」는 "남해의 고독한 S읍의" 소학교가 무대다. 이 소설의 제7절에서 "한라산 정상은, 아직 눈이 남아있다"라는 기술에서도, 이요섬 전설을 중심으로 이야기가 전개되고 있는 것으로부터도, S 읍이 제주도 읍을 의미하는 것은 확실하다.

중학교를 갓 졸업한, 남무송南茂松은 보통학교 5학년 담임이 된다. 학급에는 임죽미林竹美라고 하는 문제아가 있다. 죽미竹美의 아버지는 은행원으로 죽미는 그 아버지의 비적출아非嫡出児이다. 죽미는 성적은 좋지만, 사람과 협조하지 못한다. 어느 날, 방파제에서 죽미 혼자서 제주도 민요 〈이어도〉를 노래하고 있었다. 섬에서 멀리 떨어진 곳에 용궁과도 같은 이어도가 있어서, 폭풍우를 만나 그대로 돌아오지 않는 남편이 그곳에서 살고 있다고 믿고, 자신도 남편이 있는 이어도로 가고 싶다고 절절하게 부르는 해녀의 노래이다. 그것을 숨어서 듣고 있던 남南은, 죽미가 용궁의 궁녀일지도 모른다는 착각조차 일으킨다, 그 후 죽미는 어머니를 여의고, 집을 나와 상경해서 담배 공장에서 일하면서, 제2종 교원면허를 따서 제주도의 소학교에 근무하게 된다. 그곳에서 남南과 재회하며, 우여곡절 끝에 남南은 죽미에게 프로포즈한다.

「이어도」가 게재된 『국민문학』의 편집후기에는 앗쓰섬 전원 옥쇄에 관한 소식이 실려 있다. 모든 것이 결전문학을 향한 슬로건으로 넘치고 있을 때, 「이어도」의 인상은 산뜻하다.

「이어도」의 마지막은 "신궁 앞에서 서로 용인해주자"고 생각하고, "트렁크를 늘어뜨린 채로 그들은 조선신궁으로" 향해 가는 곳에서 끝나는데, 이 정도의 알리바이 만들기는 어쩔 수 없다.

「신임교사新任敎師」는 조선북부의 중학을 그리고 있다. 이시형이 최초로 부임한 함경북도의 금성농업학교에서의 체험이 기초가 돼 있다. 야스다安田라고 하는 학생의 처분을 둘러싸고 의론이 꽤 길게 이어진다. 사복으로 교사나 집안사람의 동의를 얻지 않고 영화를 봐서, 또한 본인이 결혼해 있다는 이유로, 방교처분을 주장하는 교무주임파(다수파)외, 주인공 구스하라楠原 무리는 직원회의에서 격론을 이어간다. 구스하라 무리는 교무주임의 방교처분 이유가 근거 없다는 것을 입증하고, 결국 구스하라와 함께 생활하며, 야스다의 행동에 전책임을 지는 것을 조건으로, 견책 처분으로 끝낸다.

흥미 깊은 것은 징병제가 발표되자, 급속하게 중학생의 결혼이 증가하는 현상이다. 징병제도가 실시되자 병사가 돼서, 언제 죽을지 모른다. 그 전에 일가의 조상祖上을 모시는 손을 남겨야 한다는 발상으로부터 중학생일 때 결혼을 시키는 것이다. 학교로서는 교육상으로는 가르치기 어려워지므로 결혼은 환영할 만한 것은 아니다. 그래서 1943년 12월 15일 이후 학생은 결혼 시키지 않거나, 혹은 위반할 경우 퇴학을 시키는 서약서를 학교와 학부형회 사이에서 맺었다(그 이전에는 불문). 그러자 학교에는 알리지 않고 2~3일 결석하는 학생이 늘어났다. 결혼을 하기 위해서다. 조혼의 폐해를 외친지 오래지만, 다른 한편에서는 낳자, 키우자 식의 정책도 있어서, 이 문제는 난항을 겪는다. 당시 중학생은 스무 살을 넘는 경우도 희귀하지 않아서, 「신임교사」 속 학교에서도 징병적령자(20세)가, 5년생에 9명, 4년생에 3명, 총 12명이다.

현재의 관점에서는, 교육이라는 대 목표는 무시하고 학생의 결함만을 찾는다고, 할지도 모르는 것을, "생도를 황민으로 연성한다는 대목표는, 뒷전으로 하고, 생도의 결점을 찾아 헤맨다"고 비판하는 구스하라 무리가 이긴 것이다. 야스다는 갑종합격甲種合格을 해서, 교무주임도 꺾여서 야스다를 축복한다.

신인교사로서의 번민과 열정은 「이어도」에도 「신임교사」에도 잘 나타나 있다.

고모토나 이시형도, 제2차 세계대전 말기에 이 정도의 인재를 낸 것은, 제주문학을 위해 기뻐하고 싶다. 역시 젊고 유명하지 않다는 것이, 좋은 작품을 배출해낸 조건이 됐던 것 같다.

제2장

『야포도野葡萄』와 김일선金逸善*

1. 들어가며

근대 조선에게 근대 일본은 어떠한 존재였을까. 기본적으로는 저항과 타도의 대상이었다. 하지만, 개인 차원에서는 꼭 그렇다고는 단언할 수 없는 경우도 있다. 윤동주는 일본서적을 읽고 일본문학을 통해 서구문학에 접하고 자기 형성을 해갔으며, 작별에 즈음하여 도시샤同志社대학 학우들과 우지가와宇治川 근처에서 송별을 위한 하이킹을 했다. 민족화가 이중섭은 문화학원에서 서양화를 배우고, 그 안에서 야마모토 마사코山本方子와 원산에서 결혼식을 올렸다. 이러

---

* 이 글은 곽형덕이 번역하였다.

한 것 중에는 아름다운 우정도 있었고, 부부애도 있었다.

김일선이라는 조선 청년이 있었다. 정확한 생년과 향년도 모르며, 다만 일본어가 유창하며, 이광수 작품의 번역자로서만 알려져 있다. 1940년 4월 10일에, 모단니혼샤モダン日本社에서 「가실嘉実」을, 동년 6월 25일에 『유정有情』을 간행했다.

그 『유정』 후기에

기간既刊 「가실」 및 본편의 번역은 김일선 씨(「가실」, 「혈서」, 『유정』), 김산천金山泉 씨(「난제조乱啼鳥」, 「죽장기鬻庄記」, 「꿈夢」), 김사량金史良 씨(「무명無明」)이다.

라고 하는 것으로부터, 장편소설 『유정』과 중단편소설 「혈서」, 「가실」은 김일선이 번역한 것을 알 수 있다. 김일선에 대해서 이 이상의 것은 아무 것도 알지 못하며, 이름이 본명인지 가명인지조차 알 수 없었다.

이번에 문화학원文化学院의 역사를 조사하면서 『야포도野葡萄』라고 하는 학원동인잡지가 있다는 것을 알고, 김일선이 15편의 단편소설과 1편의 시, 그리고 2편의 에세이, 거기에 4편의 편집후기를 남긴 것이 판명됐다. 『야포도』는 지금까지 알려진 적이 없는 잡지인 만큼, 이하 내용은 그 소개와 그에 대한 평자 나름의 견해이다.

2. 문화학원과 조선

문화학원은 1921년(大正 10) 4월, 니시무라 이사쿠西村伊作, 1884~1963가 사재를 투입해서 창설했다. "친자식의 교육"[1]을 위해서 만든 학교라고 하지만, 이 학원은 큰 의미에서는 다이쇼 데모크라시大正テモクラシー의 산물이라고 해야 할 것이리라. 교장 니시무라 이사쿠, 학감 요사노 아키코与謝野晶子, 이시이 하쿠테石井柏亭, 주임에는 가와사키 나쓰河崎なつ였다. 처음에는 중학부만 있었지만, 1925년 대학부 미술과를 두고, 1930년, 대학부 문학부를 설치함과 동시에 미술과도 미술부로 개창됐다. 초대 문학부장에는 기쿠치 간菊池寛이 취임했다. 2대째는 지바 기메오千葉亀雄(1932.9 -35.10), 3대 문학부장이 1936년 1월 취임한 사토 하루오佐藤春夫이다.

사토 하루오가 김소운 역 시집『젖빛 구름乳色の雲』에 서문을 보낸 것이 1939년 가을로, 또한 김소운 역『조선시집朝鮮詩集』전기前期에 사토가 시마자키 도손島崎藤村과 함께 서문을 쓴 것도, 1939년 가을이었다. 그 1939년 3월에『야포도』가 창간되었다. 사토 하루오는 사진의 찡그린 얼굴과는 어울리지 않게 젊은 사람들을 잘 보살펴 주는 인물이었다.[2]『야포도』창간호는 볼 수 없지만, 2호, 3호 권두

---

1 이사쿠는 자신의 아이가 중학진학에 접어들자, 중등부를 만들었다고 한다. 1927년 2월『내 아이의 학교我子の学校』출판.
2 사적인 일이지만, 교과서에도 실려 있던 사토 하루오가, 일개 고등학생이었던 저자의 창작노트를 훑어보고, 격려의 말을 보내줬다.

페이지에는 사토 하루오의 시가 실려 있다.[3] 『야포도』 동인들이 사토에게 품고 있던 경의가 어느 정도인지를 알 수 있다.

니혼대학 예술과 출신의 김종한도 사토 하루오를 스승으로 우러르고, 여섯 일곱 편의 시를 사토에게 보여주고 평을 받았다.[4] 김일선은 교실에서 직접 사토 하루오의 수업을 들었다. 하지만, 사토를 스승으로 모셨다거나 원조를 받았다는 기록은 없다.

한편, 미술부의 이시이 하쿠테도 조선에 체재한 적이 있어서, 몇 점인가 조선 풍물을 그린 그림이 있다.

그 외 교수진에 요사노 뎃칸与謝野鉄幹, 도가와 슈코쓰戸川秋骨, 무라이 마사나리村井正誠, 오쿠노 신타로奧野信太郎, 나카가와 요이치中川与一, 고바야시 히데오小林秀夫, 미키 기요시三木清, 다니가와 데쓰조谷川徹三, 야스기 류이치八杉竜一, 가와바타 야스나리川端康成 등, 쟁쟁한 멤버가 모여 있었다.

이러한 자유로운 학풍을 경모해서 분부성령文部省令에 의하지 않아서 졸업을 해도 대학졸업 자격이 나오지 않는 문화학원에 일본 각지는 물론이고, 조선과 중국에서도 학생들이 모여들었다. 이중섭은 미술부, 1940년 제13회 졸업생이다. 그 1년 위에 김병기金秉基, 문학수文学洙가 있었고, 2년 위에 유영국劉永国이 있었다.

---

3 2호에, "맑게 빛나며 높이 오직 홀로 너 별과 같이"라고 동인에게 보내는 말을 보내고 있다. 3호에는 사토 하루오 「차진집車塵集」의 한 수 "아름다운 능라綾羅 따위 애석해 해선 안 된다 / 아쉬워하라 다만 자네의 젊은 날을 / 자아 꽃이 피면 어서 꺾어라 / 주저하면 꺾을 꽃이 없도다綾にしき何をか惜しむ 惜しめただ君若き日を いざや折れ花よ かりせば ためらはば折りて花なし"를 따오고 있다.
4 『국민문학』 2-4, 1942.4.

1940년 3월, 니시무라 이사쿠는 『월간문화학원月刊文化学院』 기사 때문에 당국으로부터 엄중한 주의를 받는다. 이것이 발단이 돼서 어디까지나 자유로운 학풍을 내버티려는 니시무라 교장파와, 타협해서 학원을 유지하려고 하는 이시이 하쿠테파의 대립이 발생한다. 결국, 이시이는 학원을 그만두고, 니시무라도 교장직에서 물러나, 대신 니시무라의 딸인 이시다 아야石田あや가 교장이 된다. 그런데도 당국은 추궁을 늦추지 않아서, 1943년 4월, 니시무라 이사쿠가 불경죄 혐의로 구속당하고, 같은 해 9월 문화학원은 강제 폐쇄 당했다.[5]

기쿠치 간이 문학부장을 하고 있던 시기, 1930년부터, 한 때 강사를 했던 가와바타 야스나리는 문화학원의 교풍을 「자유의 마음과 미自由の心と美」 가운데 다음과 같이 말하고 있다.

다이쇼, 그리고 쇼와 초기의 일본은 '지나사변', 태평양전쟁 전의, 가장 자유로운 시대였다. 따라서 문부성의 교육 바람에도 인정받지 못했으며, 사회의 교육 바람과도 달랐다.

그것을 한마디로 말하자면, 미소녀 교육, 자유소녀 교육이라 할 수 있었다. 또한, 예술적 교양, 미적 교양을 우선했다. 자유의 정신의 존중을 주로 했다. 제복이 없고, 등교 시 몸단장도 한 명 한 명 소녀의 취향에 맡겨서, 멋을 다퉈도 괜찮았던 곳은 문화학원 뿐이었다고 생각한다.[6]

---

5 『사랑과 반역─문화학원 50년愛と叛逆─文化学院の五十年』, 문화학원출판부, 1971.5.25.
6 위의 책.

3. 『야포도野葡萄』와 동인들

『월간문화학원月刊文化学院』 1호(1939.6.22) 「문미文美뉴스」에

『야포도』 주간, 구리타 쇼이栗田正位. 작년 조직된 문예동인잡지 『문門』은 『야포도』로 개칭돼, 신입생 유지有志를 더해서 곧 제1호 발행을 했다.

라고 나온다. 하지만, 『문門』인지 『MON』인지는 확실하지 않다. 김일선은 「시인 벗들에게 보내는 글」(『야포도』 10호)에서, 다음과 같이 말하고 있다.

구리타 군, 군은 내게 항상 그 청결한 숨결을 불어줍니다. 『야포도』는 이번 호로 10호를 맞이합니다. 문학에 대한 막연하고 아련한 감상과, 어설픈 우정으로 『MON』 창간호를 내고, 그것은 결국 당연한 코스를 밟아 폐간 할 수밖에 없었을 때, 군이 내 앞에서 어린아이처럼 울었던 것은 아직도 생생합니다.

문예동인잡지 『야포도』는, 1938년도부터 『문』이라는 형식으로 조직돼 있었던 것 같다. 『문』은 문화학원의 상징인 정문 아치를 이미지화 한 것일 것이다. 하지만 『MON』이라고 한다면, 몬테스키외 Montesquieu의 MON과 정문 아치 양쪽을 다 가져다 쓴 것인지도 모

른다. 당시 동인들은 몬테스키외 윤독을 매주같이 했다고 한다. 이 것에 어떠한 형태이든 압력이 있어서 『야포도』로 바뀐 것 같다.

『야포도』 제2호를 보면, 제1호의 반향을 기록하고 있으므로, 창간 시에는 『야포도』라는 이름을 썼던 것 같다.

『야포도』 2호 발간 시, 주간은 구리타 쇼이. 김일선과 똑같이 1940년 문학과 졸업으로 동급생이며, 등록주소도 김일선은 구리타 경유栗田方로 돼 있다. 3호 발간시의 동인에는 김일선, 구리타 쇼이, 사카이 미치코坂井道子, 시로자키 히데오白崎秀雄, 나카고미 준지中込純次, 마쓰바라 구니오미松原國臣 6명이 이름을 나란히 하고 있다. 회원으로서는 이토 하루카伊藤晴, 이케다 사다코池田さだ子, 우치카와 히사코内川久子, 오호리 기미코大堀喜美子, 고바야가와 미쓰에小早川光枝, 사카네 다케오坂根武雄, 다자와 지즈코田沢千鶴子, 마스미쓰 우시오益満潮가 있었다. 회원 가운데 이토와 마스미쓰는 후에 동인이 됐다.

회원이라는 것은 준동인이라는 의미로, "회원은 야포도의 친애하는 그리고 확실한 독자일 것이 요구된다. 회원은 잡지 발행 때마다 회비 금 오십 전을 납입한다. 회원은 작품의 투고를 할 수 있다. 야포도사는 동인 협선協選에 의해 적당한 작품이 있으면 그것을 게재한다. 회원은 야포도사가 주최하는 갖가지 모임에 참가할 수 있다"[7]라는 것이었다.

시로자키白崎는 김일선, 구리하라보다 한 학년 아래로 1941년 졸업, 마스미쓰는 1942년 졸업, 마쓰바라는 1943년 졸업으로, 학년으

---

7 「회원모집, 규정 요강会員募集, 規定要綱」, 『야포도』 4호.

로 말하자면 김일선과 구리하라는 선배 격에 해당된다.

동인 중에 사망, 출정, 지방에서 취직, 병으로 인한 요양 등으로 사실상 편집이 가능했던 것은 서너 명에 지나지 않았다. 김일선은 그 가운데 한 명이었다.

『야포도』 그룹은 결성 이전에는 러시아문학의 영향을 받았는데, 『야포도』 창간 즈음에 되자 프랑스문학으로 경도돼 갔다. (그럼에도 김일선 만큼은 러시아문학의 끈을 놓지 않고 16호에는 고골리 작품과 같은 제목의 「외투^{外套}」를 썼다.)

> 우리들은 19세기 초두의 저 위대한 러시아 문학의 세례를 받았다. 그들은 하나같이 붓을 가지런히 해서, 당시 제정 러시아를 조소하고, 풍자하고 있다. 그리고 우리들은 그와는 정반대로 프랑스문학을 열광하면서 맞이했다. 오로지 인간상을 추구하는데 급급한 이러한 타입마저도 우리들은 환영했던 것이다.
> ― 김일선, 「벗의 귀환과 출정友人の帰還と出征」, 『야포도』 12호

『야포도』는 2호(1939.5.15)부터, 17호(1943.12.4)까지 볼 수 있다. 원칙상, 격월간지를 지향했지만 마침내는 계간, 폐간 즈음에는 반년간지처럼 돼버렸다.

『야포도』 6호는 창간 2년째를 맞이하는 1940년 4월에 나왔는데, 그 「편집의 기編集の記」에서 마쓰바라 구니오미는 다음과 같이 말하고 있다.

종래 사람들에게서 『야포도』의 -ism을 추궁당하면, 우리들은 대답이 궁했던 적이 있었습니다. 그것은 우리들이, 어느 한 문학이론이라는 밀개떡麩 주위에 모여든 잉어가 아니었기 때문입니다. 우리들에게는, 기법이라든가, 방식이라든가 하는 종류를 내거는 것에 일치된 거점은 없었습니다.

처음에는 그에 걸맞은 깃발을 갖지 않았다. 하지만, 그것이 2주년이 되면, 자연스럽게 깃발을 갖게 되었다라고 하고 있다.

『야포도』가 그 자체로서의 ism을 갖게 되는 것을 그 누가 예지할 수 있었겠습니까. 『야포도』는 이미 일개의 태도이며, 일개의 방침이요, 일개의 외침이 되는 것입니다.

초기에 동인들에게 공통된 것은, 문학에 대한 정열이었으며, 이즘은 아니었다. 아직은 좋은 시대였다. 하지만 시국이 나아가면서, 6호가 나오기 한 달 전에, 학원장 니시무라 이사쿠가 당국으로부터 엄중주의를 받고 있다. 더 이상 문학을 하는 것 자체가, 시국을 떠나 문학에만 열중하는 것이, 하나의 이즘을 갖게 되었다는 것이다.

『야포도』는 17호에서, 종간의 말도 없이 폐간을 맞이하고 있다. 18호 이후, 계속됐을 가능성은 낮다. 1943년 9월 1일에 문화학원은 강제 폐쇄되고, 그해 10월에는 니시무라 이사쿠에게 불경죄 명목으로 유죄판결이 나온 것을 보면, 용지 사정도 편집 사정도 곤란함이 지속되던 『야포도』도, 문화학원이라는 모체를 잃고서는 계속되기 힘들었을 것이리라.

『지로의 청춘노트次郎の青春ノート』는 1990년에 출판된 마쓰바라 구니오미의 청춘 추억을 쓴 자전소설이다. 이 자가판 저자는『야포도』의 동인이며 초기 편집자겸 발행인이다. 그 책 가운데,

지로(마쓰바라 구니오미를 말한다)는 쿠리栗田, 일선金, 사카이坂井, 시로자키白崎 등의 동료와 시문지詩文誌『야포도』를 발행하고 있다.

라는 소절이 나온다. 쿠리, 일선이라고 이름을 약칭해서 부르고 있는 부분에서 다른 동인과는 달리 친밀한 관계가 엿보인다. 이 책의 말미에는「주요한 등장인물의 죽음」으로 6인의 이름을 들고 있다.

후지이 가즈오藤井一夫 전사. 에키만마스미쓰 우시오(益満潮) 전사. 야마다 신이치山田信一 전사. 이치카와 마사미쓰市川正充 전병사戦病死 비루마ビルマ. 우메자키 지로梅崎次郎 전사 레이테. 야마구치 토시히코山口敏彦 옥사獄死.

생生이 사死에 직결되는 시대에『야포도』는 나오고 있었다.
『지로의 청춘노트』에, 지로가 먼 바다의 기선을 향해 큰 소리로 사요나라라고 외치는 장면이 있다.

"사요나라앗さよならあっ"하고 반복했다. 누구를 향해서인가, 무엇에 대해서인가. 지로 자신도 알지 못했다. 가나코加奈子에 대해서인가. 혹은 도

쿄에 대해서인가. 혹은 청춘에 대해서인가. 그것은 어쩌면 그러한 목소리
의 주인 ─ 지로 자신에 대해서인지도 몰랐다.

젊은이들에게 죽음은 바로 눈앞에 있었던, 그러한 가운데 『야포
도』는 발행되고 있었던 것이다.

4. 김일선의 족적

김일선이 『야포도』에 게재한 작품은 다음 표와 같다.

호수	발행연월일	장르	제목	게재쪽수
1호	1939.3?	소설	화재火災	미견
2호	1939.5.15	소설	화랑녀花郞女	10~23
3호	1939.7.31	소설	천변담川邊譚	11~25
4호	1939.11.20	소설	소牛	10~27
5호	1940.1.31	소설	별장이 있는 해변의 풍경別莊のある海辺の風景	24~53
6호	1940.4.10	소설	칠석도행七夕道行	26~43
7호	1940.6.10	소설	옛 항아리의 표정古壺の表情	46~65
7호	1940.6.10	시	(무제)	1
8호	1940.10.5	소설	성이 있는 읍城のある邑	28~41
8호	1940.10.5	편집후기		45
9호	1940.12.12	소설	무아유지향無我有之鄕	26~52
9호	1940.12.12	편집후기		68

호수	발행연월일	장르	제목	게재쪽수
10호	1941.3.26	에세이	시인 벗에게 보내는 글詩人の友に送る書	26~29
11호	1941.6.25	소설	소복기素服記	24~50
12호	1941.11.12	에세이	벗의 귀환과 출정友人の帰還と出征	30~34
13호	1942.2.15	소설	단층斷層	25~46
14호	파본, 판권장 없음	소설	도둑고양이野ら猫	19~26
15호	1942.11.7	소설	월야의 기원月夜の祈り	49~62
16호	1943.7.1	소설	외투外套	12~36
16호	1943.7.1	편집후기		37~38
17호	1943.12.5	편집후기		81

『쇼와 15년(1940) 봄, 문화학원동창회 회원명부昭和15年春、文化学院同窓会会員名簿』를 보면, 문학부 1940년 졸업생으로 김일선의 이름이 실려 있다.

도시마구 시이나마치 1-1831 청풍장 내豊島区椎名町1/1831、晴風莊内

조선 평안북도 정주군 정주읍 성내동 147朝鮮平安北道定州郡定州邑城内洞147

정주定州 출신이라고 하면 우선 이광수가 떠오르지만, 김일선이 이광수에게 사사師事를 했다던가, 특별히 가까운 관계였다고는 생각할 수 없다. 이광수의 소설을 번역을 하긴 했으나, 그것은 모단니혼샤 일 관계의 일환으로 번역을 했던 것까지며, 저명인사 이광수를 존경했다고는 생각하지 않는다.

김일선은 1940년 문화학원대학 문학과를 졸업했는데, 같은 해에

문학부 미술과를 졸업한 이중섭이 있다. 학과가 다르다고 하더라도, 미술부는 회화나 조각 기법연습 외에, 어학이나 문화사 등은 문학과 학생과 책상을 나란히 하는 때도 많았다.

1학년 10명부터 20명 정도 인원수의 수업에서, 2개 학과 학생은 서로 오가곤 했으니, 김일선과 이중섭이 안면이 없을 리 없다. 하지만, 두 사람 다 서로 접촉했다는 기록은 남아있지 않다. 그렇다기보다는 김일선이 친한 친구들은 모두 일본인이었다.

김일선은 1940년 3월에 졸업을 하고, 4월부터 "M사에 근무"한다. M사는 모단니혼샤를 의미할 것이다.

5호 「편집의 기編集の記」에 구리타는 다음과 같이 쓰고 있다.

> 얼마 지나지 않아, 김과 저는 학원을 졸업합니다. 그리고 바깥으로 나가 일하게 됐습니다. 저희 두 사람은 문학에 대해서도, 실생활에 대해서도 아름다운 야심에 불타서, 가능한 진지함을 갖고 살아가고자 생각합니다.

6호의 「편집의 기」에도 K·M松原國臣가,

> 학창을 떠나는 구리타, 김, 나가오 군의 송별회를 겸해서, 야포도사 모임을 개최, 갖은 협의를 했다.
>
> —3월 15일 오후, 긴자 '娛廊'에서

라고 쓰고 있다. 김일선은 그 M사를 약 1년 반 후인 1941년 10월

25일에 그만뒀다. 왜 그만 둔 것인지는, 그 자신도 주위 동인들도 쓰지 않고 있다. 처음부터 이광수의 두 권의 번역서를 내는 것만을 위해 김일선을 고용한 것인지, 아니면 다른 이유가 있었던 것인지, 어쨌든 그는 M사가 마음에 들지 않아서 그만뒀다.

출생지와 졸업연도만은 특정할 수 있지만, 그 이외의 경력은 알지 못한다. 다만 마스미쓰가 출정하기 전에 써놓은 유일한 평론 「김일선을 논한다金逸善を論ず」(1944.8.2 집필, 자필원고)에 "이제 그도 나이 서른而立을 넘어 처자식을 부양하고"라는 부분으로 보면, 1914년 전에 태어난 것과, 당시 처자식이 있었던 것을 알 수 있다. M사라는 것은, 즉 모단닛뿐샤モダン日本社를 말하는데, 이 출판사의 대우에 그는 불만을 갖고 있었던 것 같다. 한 달 급료가 60엔이었다고 한다. 당시 문화학원 여자(중등)부의 월사금이 한 달에 80엔이었으니, 대학은 더욱 비쌌다고 야포도 동인인 다케타즈 씨로부터 들었다.

5. 김일선의 전기前期 작품

김일선의 작품은 학생 시절에서 졸업해서 2, 3년 사이에 쓰였는데, 기술면에서는 아직 미숙하다. 전체적으로 무엇을 말하고 싶은 것인지, 무엇을 호소하고 하려는 것인지 알 수 없는 작품도 있다. 하지만 번쩍 빛나, 깜짝 놀라게 하는 무언가가 있으며, 무엇보다 문학에 진지하게 몰두하는 점이 좋다.

이 짧은 기간에 쓰여진 그의 작품은 소재면부터, 크게 두 가지 유형으로 나눠진다. 첫 번째는 고향의 풍물을 그린 것으로, 전기 작품 대부분이 이에 해당한다. 두 번째는 일본에서의 생활을 그린 것으로 후반부의 작품이 이것이다. 대부분 이 두 가지 방향으로 나눠진다는 것으로, 전반, 후반부로 확연하게 나눠진 것은 아니다.

「화랑녀」, 「천변담」, 「별장이 있는 해변의 풍경」, 「칠석보행」, 「성이 있는 읍」, 「무아유지향」은 모두 다 조선의 반농반어半農半漁 마을을 무대로 삼고 있다.

「화랑녀」(2호)는 제철소가 생겨서 땅값이 올라, 옛 서당이 문을 닫고 집회장이 되며, 양복을 입은 사람들이 들어와서, 갈보(창부)들이 생기는 등의, 변해가는 마을의 모습을 그리고 있다. 지주 최참봉은 심인사深印寺의 스님과 예부터 알고 지내던 사이로, 절에서 거둬들인 아이인 미륵녀를, 미담을 만들기 위한 목적으로 최참봉의 남자 하인인 혁爀과 짝지어 준다. 미륵녀는 마을에서 '백치'로 불리는 혁이 싫어서 오르간을 치는 박선생 거처로 도망치는데, 박선생이 진지하게 대해주지 않자, 홀연히 모습을 감춘다.

「화랑녀」(바람피는 여자)의 줄거리는 이런 정도인데, 김일선 소설에서 스토리는 그다지 중요하지 않다. 술집 여주인이 부르는 〈수심가愁心歌〉(조선북부의 민요)가 농민을 감동시키거나 하는 부분이 묘하게 인상에 남는다. "운이 기울면 이상한 것이 들어온다"는 것은 작중 인물의 대사인데, 작가는 잃어가는 옛 것들에 애착을 갖고 있다. "시적이다"라는 동인들 평가가 있었던 모양인데, 확실히 메르헨Märchen을 읽고 있는 듯한 기분이 든다.

「하변담河辺譚」(3호)은 냇가에 사는 사람들의 생활을 그린 소설이다. 여기에도 부모와 자식, 서양의학과 동양의학, 결혼관의 차이 등의 형태로, 옛것과 새로운 것의 갈등이 나타나 있다.

최씨 집안의 아이보는 보실宝実(11세)과, 한방약국의 하인 삼동三童(13세)이는 사이가 좋다. 냇가에서 흘러간 보실의 고무신을 찾아주는 삼동이.

한약국 신성당信誠堂 신해信海 영감은 마을의 명사이다. 그 아들은 서양 의학을 배워, 개업을 한다며 돈을 대달라고 재촉한다. 아들은 머리에 이상한 냄새가 나는 기름을 바르고 서양복에 구두 차림으로 갈보 같은 여자를 데리고 와서는 결혼을 하겠다고 한다. 신해 영감은 결국 자살을 하고 만다. 부인은 삼동이가 약 정리를 잘 못 해서 주인 영감이 죽었다는 구실로 그를 쫓아낸다.

「소牛」(4호)는 단순한 이야기다. 심연沈淵 노인은 문보文甫 성보成甫라는 아들이 있다. 장남 문보는 벙어리이지만 성품이 좋다. 차남 성보가 문보의 소를, 성보의 혼약자 우란于蘭과 공모해서, 문보에게 묻지도 않고 마음대로 팔아버리자, 문보는 화가 나서 우란 얼굴에, 아직 마르지도 않은 소똥을 발라 버린다.

계용묵의 「백치 아다다」나 이기영의 「고향」을 떠올리는 한 장면이다. 김일선은 조선문학의 지식도 상당히 갖고 있었던 것 같다.

이하, 동일하게 「별장이 있는 해변의 풍경」(5호), 「칠석도행」(6호), 「성이 있는 읍」(8호), 「무아유지향」(9호)은 모두 조선 농촌을 무대로 펼쳐지는 인간상을 그리고 있다.

「별장이 있는 해변의 풍경」의 주인공은 평양 영감令監, 때투성이인 손을 한 나이 오십의 짐꾼. 업둥이 딸에 대한 한결같은 애정을 그리고 있다.

「칠석도행」은 칠석날에 약수터에 가서 약수를 마시는 풍습과, 그와 관련된 산신당, 동학, 크리스트교 등의 이야기. 북부 금광지대로 이어지는 철도 공사가 착착 진행돼, "어쩐지 마물魔物이 우적우적 읍을 심겨가는" 마을을 무대로 그리고 있다.

김일선은 7호 권두의 속표지에 시와 같은 한 구를 싣고 있다.

차가운 겨울 밤冷たい冬の夜

지금이라도 눈이 내릴 것 같은 밤수にも雪のふりさうな夜

소녀는 호반에 서서少女(をとめ)は湖畔に佇むで

별을 찾고 있었습니다星を探してをりました

하늘에는 으스스한 암흑 구름이空には不気味な暗黒の雲が

일면에 감돌고 있는데도一面に漂ってゐるといふのに

지금이라도 구름이 내릴 것 같은 밤, 으스스한 암운의 도래를 예측하면서도, 필사적으로 문학이라는 별을 찾아 갈구하는 것이 『야포도』동인들의 모습은 아니었을까.

어째서 초기의 작품은 조선만을 그린 것일까. 자신이 태어나고 자라 잘 알고 있는 세계여서일까. 왜 "모든 죽어가는 것을 사랑해야지"라는 것과 같이, 조선의 스러져가는 것에 애착을 갖고 쓴 것일까.

고리키가 조선의 한 청년을 사로잡았다. 하지만 그의 시대는 이미 이즘의 시대는 아니었다.

그는 일본에 유학하고, 일본에서 살려고 했었다. 선배 격인 장혁주나 김사량이 있었고, 김소운이나 김종한, 그 외의 문인들도 있었지만, 그러한 선배에 대해서 언급한 발언은 전혀 없다. 일본문단에 나가는 일도 없고, 학생·학원 졸업 직후의 몸으로 오로지 동인지에 정열을 불태웠다. 생활은 곤란해서 아르바이트를 하고 있었다.

김일선은 자신의 벗들과 일본인들이 조선을 알기를 바랐던 것일까. 그의 소설에는 주註가 많다. 소설에 주를 붙이는 것이 과연 어떨지 생각하지만, 그렇게까지 해서 조선을 올바르게 알리고 싶었던 것이리라.

6. 김일선의 후기後期 작품

후기의 작품으로 들 수 있는 것은 「옛 항아리의 표정」(7호), 「소복기」(11호), 「단층」(13호), 「도둑고양이」(14호), 「월야의 기원」(15호), 「외투」(16호)이다. 이 소설들은 일본을 무대로 하고 있다.

「옛 항아리의 표정」은 뛰어난 단편이다. '나'(조선인)의 하숙 창으로부터 라디오 체조를 하고 있는 시오노 마리코塩野万里子의 모습이 보인다. 듣자니 결핵으로 요양 중이라고 한다. 마리코는 원래 친구인 김이라는 여자의 룸메이트로, 그 김이라는 친구는 결핵으로 죽고, 마리코는 김의 부친에게서 기념으로 고려청자로 보이는 옛 항아리를 받는다. 마침내 마리코는 병상이 악화돼, 옛 항아리를 '나'에게 맡기고, 즈시逗子에 있는 요양소로 옮긴다. '나'는 무궁화를 갖고 병문안에 간다. '나'는 가볍게 마리코를 안아 준다. "내 팔은 너무나도 짧다. 본적도 알지도 못하는 김 씨 성의 여자가 마리코의 옆에 있는데, 나는 이 둘을 안을 정도의 팔을 갖고 있지 않다." 마리코는 그로부터 얼마 지나지 않아 세상을 뜬다.

항아리 표면에 비치는 것은, 두 여성의 검은 머리칼 뿐. 그 아름다운 얼굴과 목소리는 아무리 해도 나타나지 않는다. 꽃을 꽂아 봤다. 꽃 잎의 그림자가 항아리에 비쳐서, 그 그림자는 바로 그녀들의 검은 머리로 변해 버린다.

'나'는 어떻게 해서든 이 항아리로부터 어두운 그림자를 쫓아버리지 않으면 안 된다고 결심한다.

무궁화를 실제로 병문안을 할 때 갖고 가는 습관이 있는지는 알지 못하지만, 조선의 국화를 갖고 가는 것에, 무언가 의미를 담고 있는 것이리라.

이 소설에서도, 일본인 마리코도 죽고, 조선인 김 씨 여자도 죽으며, '나'도 내일은 죽을 지도 모르는 처지이면서도, 옛 항아리만은 살아남길 바라는 작가의 메시지가 담겨 있는 것 같다.

「단층」(13호)은 구성상 실패작이다. 그런데도 많은 시사점을 안고 있는 작품이다. 작품 서두에 "이 한 편을 『야포도』 제군諸君들에게 바친다"고 하고 있는 것을 보면 『야포도』 동인을 의식하고 쓴 것임을 알 수 있다. 군대로부터 귀환한지 얼마 되지 않은 시마다島田라는 남자가 주인공인데, 이것은 현실의 마쓰바라 구니오미가 모델이다. 시마다는 후쿠오카에서 상경해서, 가지와라 지요梶原千代와 이휘李輝(모델은 김일선)에게, 둘의 관계를 마음에 그려보며 전보를 친다. 차안에서 창씨를 한 조선인 가족과 만난다. 그로부터 부대에 있을 때 통역을 하고 있던 조선인이 "어느 쪽이냐 하면, 지나인은 조선인에 가깝다고 할 수 있지요. 지나인의 성격은 그 6천 년이라는 긴 역사의 분위기를 고약한 냄새가 날 정도로 몸에 배있지요. 무서울 정도의 완고함을 갖고 있지요" 하고 말했던 것을 떠올린다. 시마다는 군대에 입대하기 전에는 문학청년이었다. 2년간 군대 경험을 쌓고,

지금 차안에서 사람들의 전쟁이론을 듣고 "그 이론이 좋든 나쁘든, 시마다를 감격시켰다."

어떠한 감격의 형태를 한 것일까. '대동아전쟁'이 시작된 시기에 쓰여진 소설이다. 쓰고 싶은 것도 쓰지 못하고, 하고 싶은 말도 하지 못하던 시기였다.

「단층」의 줄거리는 그 후, 지요와 그 아버지의 이야기가 이어지며, 시마다와 그 친구들의 동창회 이야기가 들어가며, "황기 2600년(1940)의 봉축에 뽑혀서 상경한 김교장"이 모교의 환영회 석상에서, 사랑에 대해 말하는 부분이 있거나 해서, 어디에 초점이 있는 것인지 알 수 없다.

알 수 있는 것은 작가 자신이 등장인물의 입을 빌려서, 조선인은 중국인과 같은 입정에 있다고 밀하며, 사랑에 대해 밀하는 김교장이 "이 말(사랑)만은 장소 여하를 불문하고, 목소리 높여 부르짖어 얻게 되는 것입니다. 영원하고 무한한 자유가 있으며, 생명이 있는 것입니다" 하고 연설하는 것에 대해, 이*는 술집에서 다음과 같이 말한다.

조선인이면서 조선인을 사랑하지 않는 놈이 있을까. 그것은 우리들 몸에 넘칠 정도로 배어 있는 것이라네. 이제 와서 사랑을 절규하는 것은 패잔한 자의 비명이네. 우리들은 더한 희망으로 살지 않으면 안 되네. 더 한 의욕으로 넘치는 생활이 필요해. 그것이 조선인을 구하는 길일세.

구하는 길이 어떤 것인지 구체적으로는 적혀 있지 않다. 하지만,

태평양전쟁이 시작된 시기에 이 정도의 것을 말한 것은, 주목해도 좋다. 용지 제한이나, 잡지 통폐합으로 떠들썩한 시기에 잡지를 계속 해나갔다는 것 자체가 기적에 가까운 일이다. 동인잡지여서 가능했던 것인지도 모른다.

이 작품은 제15회 아쿠타가와상(1942.8) 23여 편 가운데 후보작 중의 한 편으로 뽑혔다. 제15회 당시는 아쿠타가와상과 나오키상 모두 해당 작품 없음으로 끝나버렸는데, 심사 위원인 우노, 다카이, 사사키, 가와바타 이렇게 4명에 의해서 6편이 최종 심사에 올랐다. 이 시점에서 김일선의 「단층」은 떨어졌다. 우노 고지는 아쿠타가와상 심사평 가운데 이 작품에 대해서, "「단층」은 저(그렇게 말하고 싶다) 귀환병을 주인공으로 삼았는데, 쓰는 방식도, 쓰여진 것도, 너무나도 안이하다"고 쓰고 있다. 「단층」이 잘 정리된 작품이 아니라는 것은 인정할 수 있지만, 조선인이 일본 병사의 귀환병을 주인공으로 삼고 있다고 하는 특수한 소설이라는 점을 간과하고 있다.

7. 김일선의 에세이

김일선은 짧은 에세이를 2편 『야포도』에 남기고 있다. 에세이라 기보다는 심정을 토로한 단문이라고 해야 할 것이다. 픽션이 아닌 만큼, 솔직한 이야기로 받아들여도 될 것이다.

「시인 벗에게 보내는 글」(10호)은, 동료 구리타 쇼이 앞으로 보낸 편지 형식을 취하고 있다. 그 가운데 유의점이 세 가지 있다. 첫째, 그의 문학의 출발점이 고골리이며, 또한 최근의 고골리를 다시 읽고 있다는 점. 둘째, "지금 생활이 자네(구리타)가 상상한 것 이상으로 엄혹하다"고 고백하고 있는 것이다.

　자네도 알고 있는 대로 나는 우연한 기회에 지금의 잡지사에 들어갔지만, 불과 60엔의 급료로, 나는 내 자신, 그리고 두 사람을 부양해야 하는 상태입니다. 하지만, 1일 15전 내외로 생활을 영위하는 지나의 쿠리^苦_力에 비하면, 여전히 사치스러운 이야기입니다.

잡지사란 모단니혼샤일 것이다. 둘 을 부양해야 한다는 것은 아내와 아이라고 생각하는 것이 타당할 것 같다. 소설 「월야의 기원」(15호)도 니콜라이당ニコライ堂 부근에 사는 부부와 그 집의 작은 여자아이가 주인공인데, 실생활에서도 아이가 있었다.
　세 번째, 일본어로 창작을 하는 것의 의미에 대해서 고뇌하는 점이다.

　구리타 군, 나는 요즘 자신의 작품에서 언어의 부족을 절실히 느끼게 됐습니다. 저는 야포도를 시작한 이래, 일본어로 창작을 하려고 결심을 했습니다만, 일본어는 제게 후천적인 말입니다. 저는 타고난 조선어라는 말을 갖고 있습니다. 조선어는 제겐 육화된 언어인 것입니다. 그런데 어째서 일본어로 쓰려고 하는 것인가. 그것은 저도 판단할 수 없습니다. 저는 이 부자유스러움을 느끼면서도 이러한 코스를 밟았던 것뿐입니다. 무언가 커다란 힘이 저에게 이 길로 질질 끌고 갔던 것이겠지요.

"커다란 힘"이 무엇인지는 말하고 있지 않다. 하지만 장혁주, 김사량, 김종한, 그리고 전후의 김시종, 김석범, 강순, 이회성 이래 많은 재일작가가 고뇌한 문제이다.

또 한 편의 에세이, 「벗의 귀환과 출정」(12호)이다. 초대 편집 겸 발행인인 "마쓰바라가 귀환했다고 생각하자, 마치 그 뒤를 잇는 것처럼 마스미쓰에게 소집영장이 왔"던 것에 대해 쓴 글이다. 소집영장을 받은 마스미쓰는 가문 문양을 넣은 하오리羽織를 입고 동인들 앞에 나타난다. "그런 것을 갖고 있었나" 하고 농담 반을 섞어 묻자, "이런 때야말로 하고, 준비해 두었지"라는 "무서울 정도로 침착한 눈으로 나를 응시"했다. "이번 이토(편집 겸 발행인)로부터, 마스미쓰는 영장을 받은 날에, 야스쿠니신사에 참배하고 온 모양이다, 라고 들었을 때, 내 가슴은 무겁고 뜨거워졌다."
　왜 김의 가슴은 뜨거워졌는가. 태평양전쟁이 반달 후에 시작하는 1941년 11월 12일 발행의 『야포도』 12호에서 김은 다음과 같이 고백하고 있다.

　독소獨蘇가 비참한 전쟁을 빚고 있다. 바다와 육지에서 세계는 유사 이래 과거에는 본 적도 없는 무시무시한 선풍을 일으키고 있다. 나도 어느 새 이러한 무시무시한 선풍에 휘말려 버렸다. 하루하루 자신으로부터 "합리적인 생각"이라는 것이 사라져 버리는 것을 느낀다.

여기서 말하는 "합리적인 생각"이란 프랑스문학을 시작으로 한 서구합리주의를 의미한다.

우리들은 지금 역사의 위대한 건설적 명령하에서, 자신의 소박한 집을 착착 건설하고 있는 것이 아니겠는가. 만약 지나인을 보고, 짱꼴라라고 부르는 사람이 있다고 해보자. 사변 4주년에 그에게는 이미 그러한 마음 은 약해지고, 자신의 모습을 그 지나인으로부터 발견하려고 할 것임이 틀 림없다. 그것은 우리들 동양인의 커다란 미점이며, 뛰어난 인간성임이 틀 림없다. 날이 지나감에 따라서 역사의 명령은 마침내 격렬해 질 것임이 틀림없다. 우리들 동양인은 새롭다. 지금 우리들 동양인은 근대문화의 창 주創主인 서양인보다, 훨씬 더 역사의 명령에 가까워지고 있다는 것을 자 각해도 좋으리라.

이것이 갖는 위험성에도 불구하고, 대동아공영권 사상에 휩쓸려 버렸던 것 같다. 하지만, 그가 당시 일본에서 다수를 점하고 있던 사 람들과 틀린 점은, 자신들의 미래상을 아시아의 일원인 중국인이 가 는 길에서 찾아내려고 한 점이다. 그리고 물론 그의 모국인 조선도, 중국과 나란히 나가가야 한다고 생각했던 것이라고, 해석하고 싶다.

부기 : 본고 집필을 하며, 자료면에서 아치의 모임ㄱ-チの会 부회장인 오하시 도모코大橋智子 씨, 아동문학자인 가미 쇼이치로上笙一郎 씨, 『야포도』동인이었던 다케타즈 하쓰코竹田津初子 씨에게 큰 도움을 받았다. 깊이 감사하는 마음을 올린다.

제3장

'만주' 시대의 김조규[*]

1. 들어가며

 한국에서 월북작가, 재북작가의 해금 이후 김조규 연구는 조금씩 진행되고 있다. 그 성과는 우선, 숭실어문학회의 『김조규 시집』(1996) 으로 드러났다. 약간의 오류와 누락된 작품이 있지만, 해방 전의 작품을 모두 모으려고 했다는 점에서 획기적이다.

 『김조규 시집』의 출간을 기다렸다는 듯이, 뒤이어 세상에 나온 것이 김조규의 동생 김태규가 편한 『김조규 시집』(1998.7)이다. 이 시집은 불완전하긴 하지만 해방 후의 작품만을 모음으로써, 숭실어

---

[*] 이 글은 서영인이 번역하였다.

문학회의 『김조규 시집』을 보완하려는 의도를 가진 것이었다. 같은 시기에 김태규는 그때까지의 김조규 연구자료를 망라한 『김조규 연구자료』를 출판했다. 여기에, 1990년에 죽은 김조규가 자필로 쓴 시집 『암야행로暗夜行路』를 1999년 7월에 입수하여 복제본을 만들었다. 이 복제본은 복잡한 사실을 말해주고 있지만, 김조규 연구가 이러한 복잡한 사실을 충분히 살려냈다고는 볼 수 없다.

2002년 7월에 중국 흑룡강조선민족출판사에서 해방 전과 해방 후의 시를 모은 『김조규 시전집』이 출판되었다. 여기에는 다분히 의도적인 오식이라고 생각되는 실수 외에도, 수필·소설·평론·가극·종군기 등이 포함되어 있지 않지만, 현재로서는 가장 전집에 가까운 것이다. 이 책은 '시전집'이라고 하고 있지만, 그 시작품이 언제 쓰여진 것인지, 어디에 발표된 것인지가 명기되어 있지 않은 것이 명기된 것들 사이에 섞여 있다는 결함을 가지고 있다. 하여튼, 해방 전과 해방 후를 통틀어 김조규 작품을 전체적으로 파악하기 위해서는, 불가결한 자료이다.

2. 생애

1914년 1월 20일, 평안남도 덕천군 태극면 풍전리에서 김명덕 목사의 7남 5녀 중 차남으로 태어났다. 비교적 유복한 지주집안에서 자란 그는, 고향에서 소학교를 마치고 형 동규를 의지하여 평양으로 가서 숭실중학교를 거쳐 숭실전문학교 문과에 입학, 1937년 봄, 문과 영문과를 졸업하였다. 일본유학을 마음에 두었으나, '불량학생'이라는 낙인으로 이루지 못하고 말았다. 어쩔 수 없이 함경남도 성진에 있는 캐나다계 미션스쿨 보신학교普新學校에 교사로 부임했다. 1939년 길림성의 조양천농업학교의 영어교사로 옮겨, 거기에서 1942년까지 있었다. 조양천에 간 이유는 '일제의 감시망을 피해서'라고 한다. 1943년 초에는 장춘, 당시의 신경에 있던『만선일보』로 전직했는데, 편집부에는 박팔양, 안수길이 있었다.

해방 직전인 1945년 5, 6월경『만선일보』를 그만두고 고향으로 돌아온다. 1946년부터『조선신문』,『소비에트신문』을 편집하였고, 뒤이어 평양예술대학교수로 초빙되었다. 조신진쟁이 일어나자, 종군작가로서 전선으로 향했다. 1951년, 전선에서 돌아온 후, 조선작가동맹 출판사 주필이 되어『이 사람들 속에서』를 출판했고, 52년 3월, 조선인민방화訪華대표단 서남분단分団 분단장으로 중국을 방문했다(賀龍, 鄧小平을 만남). 12월, 오스트리아 빈에서 열린 세계인민평화대회에 대표로 참가했다. 그해에 김일성 종합대학교수가 되어, 1956년 8월까지 강의했다. 1954년 3월부터 12월까지『조선문학』의 '책임주필'로 활약했다. 가장 빛나던 시기였다. 1956년 가을부터 3년간, 흥남의 톱니공장에 파견되어 노동하면서, 문학 서클을 지도하고 스스로도 시 창작에 종사하였으며, 1959년 9월, 중앙으로 돌아와, 다음 해『김조규 시선집』등을 출판했다. 그 후에도 창작활동을 계속하여 시도 발표하고 있지만, 시집은 없다. 계속 공화국을 대표하는 시인이었지만, 소속과 주소는 '양강도 혜산시 조선작가동맹양강도 지부'였다. 1990년 12월 3일, 76세로 생을 마감했다.

3. '만주' 시대의 에세이

그는 숭실전문에 입학하기 이전인 1931년 17세 때부터 작품 「연심恋心」, 「귀성영帰省詠」을 『조선일보』에 발표하는 등 일찍부터 재능을 개화시켰다. 그 후 『동광』, 『비판』, 『신동아』, 『조선중앙일보』, 『대평양』, 『신인문학』 등에 다수의 작품을 발표했다. 그 사이에도 동인잡지 『단층』에는 집중적으로 작품을 싣고 있다. 『단층』에 모인 시인들의 공통적 경향은 "사회적 양심과 이해를 가지면서, 그것을 신념으로까지 윤리화할 수 없는 지식인의 회의와 고민을 심리분석 적으로 묘사하려고 하고 있다"(최재서)는 것에 있다. 김조규는 『단층』 2호에 실은 「밤, 부두埠頭」(1938.2)에서 "낙하落下하는 육체肉體여 행동行動할 줄 모르는 울화鬱火야 작은 안일安逸을 관념觀念하려는 울지도 못하는 체념諦念 오오 등灯불은 머얼다 밤은 슬프다"라고 노래 하고 있다. 가슴에 울화와 비애를 숨기고, 그것을 섬세하게 표현한 초현실주의 시인이, 아버지도 목사, 처도 목사의 딸, 동생도 목사의 집안에서 자라나면서 어째서 공화국을 선택한 것일까. 일가의 전원

이 월남했는데도, 그는 혼자 북에 남은 것일까. 거기에는 문인 상호 간의 교류는 물론이거니와, '만주'에서의 체험이 적지 않게 관계하고 있다고 생각된다.

그는 '만주' 시대에 2편의 에세이를 남기고 있다. 한편은 1940년 8월 29일에 집필되어, 9월 5일 자『만선일보』에「직장수필」로 게재된(1941년 11월 5일 발행된『조선문예선』에 채록)「백묵탑서장白墨塔序章」이다. 조양천농업학교에서 교사로 있던 때의 이야기로, 학비를 내지 못해 퇴학한 학생에 대한 에세이이다. 어느 날, 모두 실습농장에 나가 비어 있는 직원실. 직원실을 지키던 3인의 교사가 사회와 학교에 대해서 이런저런 "불만을 갖고 그것을 토로"하려고 하던 때에 퇴학 서류를 가진 최라는 학생이 나타났다. 사정을 들으니 부모가 연달아 죽었다고 한다. 퇴학할 즈음에 맞춰 정기예금과 수학여행적립금을 인출하려고 20킬로 가량의 길을 걸어서 온 것이다. 우편국이 그 시간에는 열지 않기 때문에 그것을 대신 지불한다.

꼬기꼬기 지폐를 몇 장 꼬기어 포켓 속에 넣은 최군의 마지막 인사를 나는 메이는 가슴으로 받았다. 저녁 바람이 유달리 싸늘한데 학모를 푹 눌러 쓴 최군의 무거운 그림자는 몇 번인가 다시 들어서지 못할 교문을 돌아보며 황혼 속으로 사라진다. 나는 들창 밖 어두워지려는 풍경을 정신 없이 바라보며 불행한 최군의 전도의 다행을 빌었다

학비를 내지 못해 퇴학하는 예는 '만주'가 아니라도 얼마든지 있

었을 것이다. 그저 이 조그마한 사건은 '만주'라는 이역에서 일어난
것이다. 학생에게도 이역이고, 이역이므로 친척도 없고, 도와줄 사
람도 없다. 한편 김조규에게도 이역이었다. '만주'에 오고 싶어서 왔
을 리도 없고, 숭실전문학교에서 영어를 전공한 그가 농업을 하려고
하는 중학생에게 ABC부터 영어를 가르치고 싶었을 리도 없다. 그러
나 거기에 생활의 뿌리를 내리면 그 나름의 세계가 보인다. 학생에
대한 애정, 생활의 빈곤이 면학의 기회를 뺏는 현실, 지식을 전하는
것의 의미, 한명의 학생을 구할 수 없는 교사의 무력감, 그러한 문제
를 근원적으로 해결하기 위해서는 궁극적으로 사회변혁을 향할 수
밖에 없을 것이라는 방향감각이 이 에세이에는 암시되고 있다.

『조광』1932년 1월호에는 「젊은이의 꿈」이라는 제목으로 4명의
청년이 장래의 꿈을 말하고 있다. 동성상업의 김용만은 잡지왕이 되
겠다는 꿈을 꾸고, 휘문고등보통학교의 이상돈은 농촌사업을 밀고
나가겠다고 맹세, 진주농업의 박린아는 한손에는 펜을 한손에는 망
치를 가진 문인이 되기를 꿈꾸고 있지만, 평양숭실의 김조규는 장래
의 꿈을 다음과 같이 말하고 있다.

새로운 해를 맞으면서도 밥 한 그릇 먹지 못하여 주림에 울고 있고, 헐
벗어 추위에 떨고 있는 이 땅의 생명들에게 포근한 솜옷 한 벌 입을 수 있
고 따뜻한 밥 한 그릇이나마 한 사람도 빠짐없이 먹을 수 있게끔 한다면
그것이 나의 원願이며 나의 포부抱負다.

— 「따뜻한 밥 한 그릇이나마」

학생시대의 순진한 꿈이 '만주'의 현실에 부딪치면서 차츰 확신에 까지 이르게 된 것이리라. 그 꿈의 실현을 위해 공화국에 몸을 맡길 결심을 한 것이 아닐까……

또 한 편의 에세이는 「어두운 정신」이다. 이것은 1940년 11월에 『만선일보』에 게재된 것으로 10월 15일에서 10월 25일까지의 일기체 에세이이다. 이 글은 '학술'란에, 「마음의 문을 열다」라는 제목하에 실려 있다.

가을 밤, 달빛 속을 울며 흘러가는 기러기의 비극悲劇, '셰익스피어'와 깊은 숲속의 고목枯木가지에 앉은 부엉이의 비극悲劇, '도스토예프스키'와 종교宗敎로 자살自殺한 '키에르케고르'의 비극

—10월 15일

고독孤獨, 책冊을 덮고 실내室內에 홀로黑犬口 심야深夜의 상념想念은 감상感傷을 넘은 적막寂寞이다. '지극히 고독孤獨한 자者에게는 소음騷音까지도 하나의 위안慰安이다'(니체).

—10월 20일

'내가 사랑한 사람들의 넋이여, 내가 예찬禮讚한 사람들의 정신精神, 나를 굳세게 하여라. 나를 돕고 받들어라. 이 세상世上의 허위虛僞와 죄악罪惡을 나로부터 멀리 하라(보들레르)' 시인은 고독孤獨을 감상感傷하지 않고

엄숙嚴肅해야 한다. 가장 많이 고독孤獨을 엄숙嚴肅한 시인, 니체, 보들레르, 노자老子.

— 10월 20일

그가 20대에 어떤 사상가로부터 영향을 받고 있었는지 알 수 있다. 또한 어디에서부터 살아갈 에너지를 흡수하려고 했는지, 그 흔적을 알 수 있다.

이 글의 최후에 오는, 10월 25일의 내용은 학내의 트러블에서 발단하여, 교육자로서의 자신이 누구인가를 묻고 있다. 조양천농업학교는 시인으로서 결코 마음 편하게 있을 곳은 아니었다.

아직 해결解決 못 된 학교 내學校內의 이변사異變事, 그것은 현명賢明하고 명석明晰한 우등생優等生의 머리에서 빚어진 것이 아니요, 우둔愚鈍하고 무골無骨한 저능아低能兒의 머리에서 나왔다.…… '바바리즘'의 항거抗拒 교육적 해석敎育的解釋을 모르는 나는 그렇기에 페스탈로치는 아니다. 페스탈로치가 되려고도 안한다. 그러므로 나는 성실誠實하고 훌륭한 선생先生이 아니요 게으른 지식노동자知識勞動者다. 내가 학생學生에게 가르쳐야 할 것은 무엇인가? 알파벳과 간단한 철자綴字 밖에 나는 무엇을 말할 것일까.…… 위선僞善할 수 없는 사백여四百餘의 머리, 그리고 빛나는 팔백여八百餘의 눈동자瞳子…… 그렇다. 제군諸君에게 할 말은 지극至極히 많다. 그러나 또한, 한마디도 없도다.

문면에서 구체적인 정황은 명확하게 파악할 수 없다. 그러나 김조규가 교육이념과 학교 운영에 대해서, 무언가 모순을 느끼고, 그 모순의 해결방법을 찾아내지 못하여 고민하고 있는 모습을 읽어내는 것은 가능하다. 학생을 신뢰하면서 교사로서 무엇을 해낼 수 있을까 하는 의문에 부딪쳐 있었던 것 같다.

'만주국' 정권하의 학교인 이상, 위에서부터의 방침에 저항할 수 없었던 것일까, 농업학교라는 테두리 안에서 영어교사의 역할에 희망을 찾을 수 없었던 것일까, 교장과 동료와의 마찰, 혹은 어떤 사건에 마주쳐서 자신의 신념을 관철시킬 수 없었던 것일까, 어쨌든 "마음의 문을 열"지 못하고, "어두운 정신"에 갇힌 심리적 정황을 표현한 것이라고 볼 수 있다.

딧붙여 1939년도 교원의 면면을 보면 교정은 일본인, 교주校主는 조선인, 교원 7명 중 6명은 조선인, 또 한 명은 시라카와라고 하는 성을 쓰고 있었는데, 조선인이었는지 일본인이었는지는 알 수 없다.

4. '만주'시대의 시

김조규는 1939년 가을부터 1945년 4월경까지 5년 반 동안 '만주'에 있었다. 그중 3년은 조양천에서 교사로, 이후 2년은 '신경'에서 『만선일보』 기자로 있었다. 그 사이, 경성중앙보육학교(중앙대학교 전신)를 졸업하고 평양 남산 교회 유치원에서 보모로 있었던 김현숙과 결혼했다. 김조규 편『재만 조선시인집』을 연길의 예문당에서 출판(1942.10.10)한 것도 조양천시대이다. 이『재만 조선시인집』과 박팔양 편『만주시인집』(길림시 : 제일협화구락부문화부, 1942.9.29)에 게재된 작품과,『만선일보』, 거기에 국내의『조광』,『매일신보』등에 게재된 작품이 합쳐서 30편 정도 있다고 한다. 그중 현재 확인 가능한 것은 15편, 나머지 15편은『암야행로』(해방 전 작품 자선자필본)에 창작시기가 '만주'시대라고 기록된 것이다.

'만주'시대의 시 중 2편만 들어 보자.

연길역延吉驛 가는 길

벌판우에는
갈잎도 없다. 고량高粱도 없다. 아무도 없다.

종루鐘樓 넘어로 하늘이 묽어져
황혼黃昏은 싸늘하단다.
바람이 외롭단다.

머얼리 정거장停車場에선 기적汽笛이 울었는데
나는 어데로 가야하노?

호오 차車는 떠났어도 좋으니

역마차驛馬車야 나를 정거장停車場으로 실어다고

바람이 유달리 찬 이 저녁

머언 포풀라길을 마차馬車 우에 홀로

나는 외롭지 않으련다. 조곰도 외롭지 않으련다.

— 경신庚辰(1940) 11월

『조광』1941년 1월호에 실렸고, 조금 수정하여『재만 조선시인집』에 수록한 작품이다. 어딘가에 가지 않으면 안 되지만, 어디에 가야할까 알 수 없는 주인공. 무서울 정도의 적막감이 드러나는 시이다. 시인이 "조금도 외롭지 않으련다"라고 말하는 데서, 외로움이 배가된다.

김조규는 어떤 시대에도 시국에 편승하지 않은 시인이다. 그 문학적 출발점도 그랬고, '만주'시대도 그러했으며, 공화국에 있을 때도 그랬다. 그의 작품 중에서 가장 위험성을 품고 있는 작품은 「남풍」이다. 이것은 임종국이『친일문학론』에서 참고문헌으로 문제 삼았던 김조규의 작품 「귀족」보다도 위험수준이 높을지도 모르겠다.

이 작품은 총독부 기관지『매일신보』에 실렸고, 후에『재만 조선시인집』에 수록된 것이다.

앵글로 색슨의 태양太陽이 바다의 계단階段을 나린다.

노대露臺 위에는 비인 목의자木椅子가 기울고

오전午前의 설계設計 압헤 끓어 오르는 바다의 정열情熱

푸른 호수 우에 청연靑燕이 날고 날고

오늘도 남해에서는 컴패스를 돌리며

피의 호선弧線 바다의 기하학幾何學은 장렬壯烈하거니

이제 빌딩 가튼 무표정無表情을 버려야 한다

푸른 하늘 아래 한 마리 백구白鷗여도 좋다

삼월三月

범람氾濫하는 남풍南風 속에 가슴을 벗고

심호흡深呼吸을 하자

　추상적인 단어를 늘어놓아 구체적인 의미를 붙잡기는 어렵지만, 일본의 전투를 노래하고 있는 것처럼도 읽을 수 있다. 「남풍」이 게재된 1942년 3월 7일의 『매일신보』는, '전시아동문제'가 논해지고, 목양(이석훈)의 「국민문학의 문제」가 연재되고 있던 시기였다. 그러한 분위기 속에서 「남풍」도 이해되어야 할 것이다.

5. 맺으며

 김조규는 주체적으로 공화국을 선택했다. 거기에 책임을 갖고 결코 후회는 하고 있지 않다. 그러나 그는 과거와 단절하고 새로운 것에 달려드는 인간은 아니다. 공화국에 있으면서도 과거의 작품을 소중히 보관하고 있었다.

 노년에 이르러 죽을 때가 가까웠음을 느낀 그는 해방 전의 시를 모아 『암야행로』라고 제목붙인 한권의 책으로 만들 생각을 했다. 그러나 이루지 못하고 죽었다.

제4장

제2회 대동아문학자대회와 김용제*

1.

　제2회 대동아문학자대회는 일본에게 전국戰局이 결정적으로 불리하게 전개되어가고 있던 시기에 열렸다. 1943년 2월 과달카날 철수, 5월 앗쓰섬의 자살돌격이 있었고, 7월 이탈리아 무솔리니 정권은 붕괴되었다. 그러한 중에 제2회 대회는 쌍십절에 열릴 예정을 앞당겨 1943년 8월 25일부터 열렸다.

　그날 저녁에, 묘한 저력이 어려 있는 사이렌으로 경계경보가 발령되는

---

*　이 글은 심원섭이 번역하였다.

것을 들은 것도 좀처럼 잊을 수 없는 인상이다. 시의 연회는 창이라는 창은 모두 닫고, 방공 커튼을 빈틈없이 내려둔 방에서, 화기애애하게 열렸다. 몹시 찌는 듯한 더위였다.

— 「풍요로운 계절」, 『문학보국』, 1943.9.20

미군 군기의 경계경보가 울리는 중에 제2회 대회는 열렸다. 본대회가 끝나고 관서關西여행 도중 나고야에 들렀을 때의 일을 쓰고 있는 유진오의 에세이 중의 한 부분이다.

만주대표와 중국대표는 제국호텔, 조선대표는 제1호텔로 숙소를 정한 것으로도 알 수 있듯이 대회의 메인 게스트는 중국과 만주였다. 그것은 회장의 설치에서도 보이는데, 회장의 정면에 일장기를, 좌우에 중화민국과 만주의 국기를 배치하였다.

조선지구에서 온 대표는 유진오(1906년생, 37세), 최재서(1908년생, 35세), 유치진(1905년생, 38세), 김용제(1909년생, 34세) 그리고 녹기연맹의 쓰다 쓰요시津田剛 이렇게 5명. 대회준비위원이었던 장혁주는 일본에 있었으므로 일본지구대표로 참가했다.

제2회 대회에서 4명의 조선지구대표는 제각각 역할을 분담하여 보고했다. 최재서는 '조선에 있어서의 징병제 시행과 문학의 역할', 유진오는 '결전문학의 이념 확립'에 대해 각자 보고했고, 유치진은 막다른 곳에 몰린 서구 리얼리즘 연극을, 김용제는 조선문단의 현상에 대해서 보고했다. 그것은 개개인의 문학에 대한 생각을 진술한 것이라기보다는, 조선이 현재 처해있는 상황을 말한 것이라고 할 수 있다.

김용제의 보고는, 『국민문학』지의 창간(1941.11), 조선문인협회의 설립(1939.10)에 따라 700인의 문학자를 조직하기에 이른 동향을 전하고 거기에서 산출된 성과로서 이석훈牧洋의 소설 「고요한 폭풍」과 최재서의 평론 「전환기의 조선문학」을 들어 소개하고 있다.

김용제는 다른 대표에 비해 다소 젊었고, 문학잡지의 주간을 맡고 있는 것도 아니었고, 교수직에 있는 것도 아니며, 또한 학력이 있는 것도 아니었다. 이른바 붓 한 자루로 다른 대표들과 나란히 서지 않으면 안 되는 형국이었다.

뒷날, 1945년 8월 18일, 조선문학건설본부의 임화가 김남천, 유진오와 함께 나타나, 조선문인보국회의 재산일체를 넘겨줄 것을 요구하자, 문인보국회 상임간사 김용제(1945년 8월 1일부터, 김기진의 뒤를 이은 것)가 인도증서를 쓰게 되어있는데, 임화, 김남천은 낭연하다고 해도, 제1회, 제2회 대동아문학자대회에 조선대표로 참가했던 유진오가 그 자리에 있다는 것을 김용제는 도저히 납득할 수 없었다. 유진오는 조선문인보국회의 상임간사이기도 했다. 그는 기회에 민첩하다고 할까, 김우종의 말을 빌리자면 카멜레온과 같은 존재였다.

덧붙여 말하면, 1948년 9월, 반민족행위처벌법이 한국국회를 통과하여, 김용제와 최재서는 하나의 수갑에 한 손씩을 묶인 채로, 구제일은행 경성지점의 건물에서 조사를 받았다. 넓은 방에 조사관의 책상이 놓여 있었고, 칸막이가 없었다. 김용제의 옆에서 최재서가 조사를 받고 있었다. 최재서는 그 후, 연세대와 동국대 교수를 역임하고 영문학자로서 훌륭한 업적을 남겼지만 김용제는 문학자의 일다운 일을 1994년 85세로 죽을 때까지 할 수 없었다. 아니, 하지 않았던 것인지도 모른다. 자의반 타의반이라고 할 수 있을까.

2.

제2회 대회에서 대동아문학상 수상자와 수상작 발표가 있었다. 대동아문학상은 일본·만주·중화민국이 대상이었고, 조선은 대상이 아니었다. 그 대신 조선에서는 조선예술상, 국민총력조선연맹문화포상 외에 새롭게 국어문예총독상이 만들어졌다. 예술상은 문학만이 아니라 무용·미술·음악의 각 분야에 걸쳐 시상되었고, 제1회는 이광수의 「무명」이 수상했다. 연맹상도 각 분야에 걸쳐져 있었고, 문학에서는 총독상을 놓친 이석훈牧洋의 「고요한 폭풍」이 수상했다(『경성일보』, 1943.3.27).

총독상은 김용제의 『아세아시집亜細亜詩集』이 수상했다. 총독상은 ① "일본정신에 입각할 것", ② "예술적으로 훌륭할 것", ③ "대중계몽의 효과를 가진 것"이라는 기준으로 선정되었다. 그 전제로서 '국어(일본어)'로 쓴 것이어야 했다.

『아세아시집』은 그의 두 번째 시집이다. (제1시집은 나가노 시계하루中野重治의 서문을 붙인 『대륙시집』으로 이것은 견본인쇄까지 하고 미 발간으로 끝났다.) 1943년 3월 25, 26일의 『경성일보』는 「『아세아시집』이 총독상으로 결정되기까지」라는 제목으로 심사위원으로 짐작되는 가라시마 쓰요시辛島驍, 유진오, 사이토 기요에斉藤清衛, 데라다 에이寺田瑛, 다나카 히데미쓰田中英光가 저마다 다른 뉘앙스로 『아세아시집』을 추천하고 있다. 이렇게 김용제는 대동아문학자대회의 조선지구대표로 선출되었다.

『아세아시집』(경성부 : 대동출판사, 1942.12.10)은 '『아세아시집』, 제 몇 편'이라는 번호를 넣어서 각 잡지에 발표한 것을 모은 것이다. 1939년 첫날부터 시작하여 39년에 19편, 40년 5편, 42년 25편으로 창작된 일본어 시를 수록하고 있다.(단행본으로 모았을 때는 일본어지만, 『조선문학』지의 1939년 4월, 5월에 연재된 『아세아시집』(제1・2회) 작품 「종달새」, 「꽃」, 「청춘」, 「양자강」, 「소녀의 탄식」, 「폭격」, 「전차」, 「보초의 밤」, 「소화」는 조선어로 발표되었다. 이 시들이 일본어로 먼저 창작되었는지, 조선어로 먼저 창작되었는지 단정할 수는 없지만, 아마도 일본어로 먼저 착상된 것이라고 생각된다)

나는 오늘의 전쟁시를 노래하고 싶다
나는 내일의 건설시를 노래하고 싶다
그것은 시의 정치화로의 전철前轍이 아니다.
그것은 위대한 현실로 부딪쳐오는 시신詩神의 격투이다.

나는 아세아의 부흥을 위해 싸우고 싶다

동시에 새로운 아세아정신을 고요히 창조하고 싶다

나는 일본국민의 애국자로서 일하고 싶다

동시에 새로운 일본정신을 깊이 배우고 싶다

나는 조선민중의 참된 행복을 위해 일하고 싶다

동시에 그리운 자장가를 천진하게 노래하고 싶다

거기에서 나는 감정의 모순을 조금도 느끼지 않는다

거기에 아름다운 아세아적 조화가 있을 뿐이다

『아세아시집』 가운데 1939년에 쓰여진 「아세아의 시」라고 제목을 붙인 시의 일절이다. 여기에서 김용제는 시인다운 솔직함을 가지고 "일본국민의 애국자로서 일하는" 것과 "조선민중의 참된 행복을 위해 일하는" 것이 정합성을 가지고 있으며 서로 모순되지 않는다고 단언하고 있다. "조선민중의 참된 행복"이란 무엇을 의미하는 것이었을까.

김용제는 신문배달, 우유배달, 일본 프롤레타리아 작가동맹의 고용서기를 하면서, 일본에서 왕성한 작품활동을 하고, 4번 투옥되었는데, 그중에서 한번은 3년 9개월에 이르는 긴 기간이었다. 많은 일본인 작가가 전향하여 단기간에 출소하였는데도, 김용제는 비전향으로 일관하여, 대심원(최고재판소) '최고재판'까지 싸웠다. 그는 「현계탄玄界灘」, 「봄의 아리랑」, 「사랑하는 대륙아」, 「3월 1일」 등을 노래하며 조선민중을 위해 일본제국주의와 싸웠다. 그랬던 것이 지금은 "일본국민의 애국자"가 되는 것과 "조선민중의 참된 행복"을 도모하는 것이 모순이 아니라고 말하고 있다.

그렇게는 말했지만, 그는 자신이 조선인이라는 것을 방기한 것은

아니었다. 같은 『아세아시집』에는 「산의 신화」, 「고향의 구름」과
같은 시도 포함되어 있다.

> 팔성산의 단풍 쏴아 하고 우는 가을바람 사이를 올라
> 배와 등을 보이며 매가 춤추는 정상에서
> 지비천이 좁다랗게 빛나는 넓은 평야를 굽어보았다
> 누르고 푸르고 붉고 흰 구름이 화려한 멍석을 펴고
> 벼도 푸성귀도 고추도 목화도 나의 생을 노래하고 있다
>
> 이름도 못 떨치고 비단옷도 못 두르고 표연히 찾아온
> 이 초라한 향당을 반가이 맞아 준
> 기억에 없는 노인이 족장族丈이라 불러줘서 당황했다.
> 안절부절 늘어놓는 서울 사투리 내 입가에
> '할매'라 부르라고 손 흔들어 황송했다.
>
> 밤을 굽는 아이들의 나이를 헤아려 보며
> 헤어져 있던 긴 세월을 손꼽는 소꿉동무들은
>
> 내 자랑과 후회를 바닥까지 알까 모를까—
> 돌아가고 싶다면 돌아오게, 돌아오고 싶지 않아도 돌아오게
> 누우런 황소도 쟁기도 빌려준다 따뜻이 말하네
>
> ──「고향의 구름」(1942)에서

팔성산의 기슭, 충청북도 음성군 팔성리에서 나고 자란 김용제는 호를 지촌知村이라고 했다. 지비천에서 따온 것이다. 19세의 나이에 일본에 간 후로 파란만장한 삶을 보냈지만, 표연히 돌아온 김용제를 고향의 산하와 고향의 사람들은 따뜻하게 맞아주었다. 그는 고향을 진심으로 사랑하고 있었다.

김용제의 총독상 수상에 대해서 이의를 제기한 것은 시인이자 평론가인 김종한이다. 그는 1942년도에 출판된 시집으로 사토 기요시의 『벽령집』, 김용제의 『아세아시집』의 두 권이 있지만 전자가 상을 받을 가치가 있다고 했다.

> 『아세아시집』은 선전효과라는 점에서는 매우 적절하지만, 시에 있어서의 일본정신의 존재방식이라는 것을 좀 더 멀리 생각하는 사람들은 반드시 "일본정신에 입각"해서 성공한 작품이라고는 보지 않는다. 대용품 같은 시이다. ─ 사토 기요시의 『벽령집』은 ─ 내지에 가지고 간다 해도 제1급의 시집이다. 내지인이 조선의 자연과 풍속을 몸에 익혀 높은 예술로 승화해주었다는 것은 그것 자체로 고도의 정치적 "선전효과"이기도 하다고 생각한다.
>
> ─ 「문학상에 대하여」, 『문화조선』, 1943.4

확실히 사토의 시는 조선의 자연과 거리와, 거기에서 살아가는 인간과 예술을 아름다운 시어로 노래했다. 그런 의미에서 김종한의 언급은 정당한 것이지만, 총독상은 조선인이 일본어로 쓴 것을 대상으로 한다는 것이 불문율이었고, 김용제의 일본어는 서투르다고 한다면, 확실히 서투른 것이긴 했다.

3.

제2회 대회에 대해서 김용제는 평론이나 수필류의 글을 쓰지는 않았다. 유진오, 최재서는 대회 보고는 물론, 그 발언이 신문잡지에 실려 있다. 유진오의 것은 「후소扶桑(일본을 가리킴-역자)견문기-제2회 대동아문학자에서 돌아와」(『신시대』, 1943.10, 조선어), 「대동아문학지대회를 돌아보며」(『매일신문』, 1943.9.5), 「조선문단의 수준향싱」(『아사히신문』, 1943.8.21) 등으로 많이 있지만, 김용제의 경우는 없다. 어째서일까. 첫째로는 그의 사교성 없는 성격 탓이기도 할 것이다. 소년시절부터 '반벙어리'라고 불렸을 정도로 말수가 극단적으로 적었다. 주변의 사람들에게 가까이하기 힘든 사람으로 비쳤던 것 같다.

거기에 그가 동료들로부터도 또한 관헌 측으로부터도 어딘가 신뢰받지 못했던 탓이기도 한 듯하다. 1937년까지는 프롤레타리아 시인이었던 자가 그토록 급격히 변할 수 있는 것일까 하는 의문이 그들의 머리에 남아 있었던 것 같다.

말수가 적었던 대신에 작품화하는 것은 빨랐다. "너의 행동은 곧 시"라고 프로문학시대의 어떤 시인이 김용제를 평했던 적이 있는데,

친일문학의 시대에도 그런 스타일은 변하지 않았다.

『아세아시집』에 이어서 출판된 것이 『서사시어동정』(경성 : 문성당, 1943.5.20)으로, 이 시집은 "신무천황의 성업을 찬양하고 받드는 서사시편"이다. 여기에 이어진 것이 『보도시첩』(동도서적 경성지점, 1944.6.10)인데, 그중에 제2회 대회 관계 시가 4편 포함되어 있다. 「싸우는 시인들에게」, 「환영」, 「투영闘泳」, 「나라를 생각한다」의 4편이다. 「싸우는 시인들에게」와 「환영」은 "대동아문학자대회의 벗과 시모노세키에 내렸"을 때에 썼고, 「투영」은 "제10회 메이지신궁 국민연성회를 참관하고", 「나라를 생각한다」는 "대동아문학자대회에 가는 도중 나라에서" 쓴 시이다.

1943년 8월 19일에 서울에서 출발하여, 8월 20일 시모노세키에서 '몽강, 북지'대표, 21일에 '만주, 중지'대표를 만나 22일에 동경에 도착했다.

「싸우는 시인들에게」는 이렇게 시작한다.

> 10억의 싸우는 문학은 무엇을 향하는가
> 일억의 문학의 길은 무엇을 이끄는가
> 위대한 시신의 창조의 손이
> 역사의 혈선血腺에 가만히 닿으면
> 얼마나 훌륭한 음악이 울릴지를 너는 안다

결말의 1연은 다음과 같다

우리가 서로 아는 기도와 맹세 속에서

끝까지 격렬하게 살려고 하지 않는가

그것을 위해 아름답게 죽으려고 하지 않는가

그리고 우리의 묘에 죽지 않는 시혼은

자손들이 서로 지키려고 하지 않는가

「나라를 생각한다」에서는 "나를 비우고 순종하며 돌아왔다 / 그 백제의 장인의 예도를 배울까"라고 노래하고 있다.

4.

지금까지는 활자로 남아있는 문헌에 기대어 김용제의 행동을 보았다. 4절에서는 1989년 이후, 김용제가 제2회 대동아문학자대회에 관련하여 구술한 것을 기반으로 한다.

① 우선 총독상의 상금 1,000엔에 대한 것인데, 은행의 창구에서 총독부의 간부가 와서 이런 말을 나누었다고 한다.

"어느 정도는 국방헌금으로 내주시겠습니까."

"어느 정도 말입니까."

"성의껏 내주시면 됩니다."

그 "성의껏"이 효과를 발휘했다. 이렇게 상금의 대부분을 국방헌금으로 내게 되었다라는. 이렇게 해서 미담이 또 하나 만들어졌다.

② 8월 25일부터인 대회에 앞서서, 김용제는 나가노 시게하루의 자택을 방문했다. 나가노는 요시찰인물이며, 방문은 위험을 동반하는 것이었지만, 김용제에게는 방문할만한 이유가 있었다. (나가노는 8월 24일 일기에 "경성의 김촌(가 네무라) 씨 방문"이라고만 쓰고 있다.) 두 사람의 마지막 만남이었다.

③ 대회 후, 교토체재 중에 시게하루의 누이 스즈코와 만났다. 스즈코의 어머니가 단골로 이용하는 니시혼간지의 숙소에서 두 사람은 만났다. 1936년 3월 출옥 후, 1937년 7월에 조선으로 강제 송환되었을 때까지, 두 사람은 연인사이였다. 송환되고 나서도, 스즈코는 38년 5월, 김용제와 결혼해서 조선에서 살 생각으로, 부모로부터 500엔의 돈을 얻어서 서울로 왔다. 그것은 경성 소년갱생원(야간중학교) 설립자금이었다. 결국, 실망한 나머지 스즈코는 귀국했고 그때 이후의 최초의 만남이었다. 그리고 그 만남은 생애 최후의 만남이 되었다.

5.

장혁주는 "김춘 씨의 시는 비꼬임이 없고, 솔직하군요"(좌담회 「금일의반도문학」, 『녹기』, 1943.5)라고 평했다. 그 말을 받아서 김용제는 "시는 뜻이요, 마음속에 가득찬 것을 그대로 솔직히 밖으로 나타내면 되는 것이라고 생각합니다"라고 말하고 있다. 그의 시는 평이하기는 하지만 함축이 없다. 김종한으로부터는 "외치기만 할뿐"이라고 비판당했고, 일본인 문학자로부터도 "치졸하다"라는 평을 들었다. 그래도 김용제는 김용제의 길을 걸었다.

김용제는 이광수의 「나의 고백」 같은 것을 남기고 있지 않다. 발상으로는 비슷한 데가 있지 않았을까. 일본의 힘을 과대평가하고 일본의 조선 지배가 그 후 50년, 60년, 적어도 자신이 살아있는 동안은 계속된다고 생각했던 것은 아닐까.

국내에 혁명근거지를 갖지 못했던 조선의 경우, 연안의 요동에서 일본의 패전을 예언할 수 있는 조건이 없었다.

그렇다고 해도, 발표하지 않고 '대약진(1958~76)'의 모택동을 비판한 김학철의 『20세기 신화』와 같이, 역사의 증언을 써서 남긴 선비가, 조선인 문학자가 몇이나 있었을까. 윤동주, 이육사, 백석, 김사량, 이기영 …… 헤아려보면 몇 명인가 있다.

김용제는 길을 잘못 들었다. 그러나 6년 반(1939~45.8)의 실수 때문에, 해방부터 1994년에 죽을 때까지 49년간을, 울지도 날지도 못

하고 (생활을 위해 편집업이나 매문업은 했다) 괴로운 신세로 사는 것으로
그것을 속죄하려 했다. 그는 문학다운 일도 하지 못했다. 해방 후, 아
메리카와 일본에 이주하자는 말도 있었다. 해방 직후 이용악을 통해
좌익문학으로 되돌아가자는 권유도 받았다. 그는 그것을 거절하고
한국에서 죽었다.

제5장

대동아문학자대회에 참가한 문학자,
하지 않았던 문학자[*]

1.

이 글은 1942년 11월에 제1회, 1943년 8월에 제2회, 1944년 11월에 제3회가 열렸던 대동아문학자대회에 참가한 조선문학자 일부의 발언과, 초청을 받았으면서도 참가하지 않은 일본인 문학자에 대해 생각해 보려 한다.

우선 참가자를 정리한다.

제1회, 동경에서 개최된 이 회의에는 일본대표 안에 조선지구 대표로 이광수香山光郎·박영희芳村香道·유진오, 여기에 일본인 데라다 에이寺田瑛, 京城日報学芸部長·가라시마 쓰요시辛島驍, 京城帝大法文学部長, 朝鮮文人報国会理事長가 있다.

---

[*] 이 글은 서영인이 번역하였다.

그들은 "각각 일본문학보국회의 회원으로, 대회접대 역을 겸하여 출석"(『매일신보』, 1942.10.28)했다. 대회참가국으로는 일본, 만주, 중화민국의 삼국과 여기에 몽만 지방이 추가되었다. 이 날 식장 정면중앙에는 일본의 국기가, 좌우에는 만주국과 중화민국의 국기가 걸렸다. 의제는 다음의 4가지였다.

① 대동아정신의 수립
② 대동아정신의 강화, 보급
③ 문학을 통한 민족 간의 사상문화의 융합방법
④ 문학을 통한 대동아전쟁 완수의 방도

제1회 대회석상에서 이광수는 다음과 같이 발언했다.

자기의 전부를 천황을 받들어 모시는 것을 일본정신이라고 합니다. 또한 천황에게 주어진 자비를 행하게 하는 것을 황도라고 합니다. 대군에게 있어서는 황도, 우리 신민에게 있어서는, 이것이 신도입니다. (…중략…) 일본인으로서 우리의 목표는, 미영과 같은 나라의 강대함을 추구하는 것이 아니라 이 세계인류를 완전히 구하는 것에 있습니다.

—『일본학예신문』, 1942.11.15

이 발언에 대해 의장인 기쿠치 간菊池寬은 "가야마 군이 지금 한 이야기는 더없이 명쾌하여, 경청해야만할 점이 많다고 생각합니다"라고 찬사를 보냈고, 니시카와 미쓰루西川満도 "조선의 가야마 미쓰로 씨의 이야기를 대단히 감동적으로 들었다"고 대회석상에서 발언하고 있다.

회의는 완전히 일본 측의 주도로 행해졌다. 문학자 자신의 기획이라기보다는, 일본정부, 육해군주도하에 거행되었다. 주최는 1942년 5월에 막 설립된 일본문학보국회. 일본문학보국회에는 여러 가지 다른 사정은 있었지만, 일본의 문학자 대부분이 참가했다.

제2회 대회는 1943년 8월 25일부터 제국극장(제1일)과 대동아회관(제2일)에서 열렸다. 조선에서 온 참가자는 유진오, 최재서, 유치진, 김용제金村龍済, 그리고 녹기연맹의 쓰다 쓰요시津田剛. 거기에 동경 현지에서 참가한 장혁주, 장혁주는 대회 준비위원이기도 했다.

원래는 10월 10월 중국의 쌍십전에 열릴 예정을 8월로 앞당긴 것은, 그만큼 전황이 일본에게 불리하게 되었기 때문이었다. 2월의 과달카날전 패전(철수), 5월 에투섬 수비대 전멸(옥쇄)이 있었고, 7월 연합군이 시칠리아 섬에 상륙하여 무솔리니 정권은 붕괴되었다. 일본은 끝까지 싸우기 위해 무슨 일이 있어도 '중화민국(남경정부)'의 협력이 필요했다.

이 '결전회의'라고 불렀던 제2회 대회에 조선대표는 다음과 같은 표제로 발언했다.

유진오 : 거대한 융화－결전문학의 이념 확립

최재서 : 징병제의 실행과 문학활동－결전조선의 급전개

유치진 : 신극운동의 촉진 – 황도정신의 일상화에 박차
김용제 : 국민운동에 끓어오르는 조선 – 황민생활의 강화
　　　　　　　　　　　　　　　—『문학보국文學報国』, 1943.9.10

제2회 대회의 제2분과회에서 가타오카 뎃페이片岡鉄兵는 "반동작
가를 소탕 – 중국문학 확립을 요청"한다는 연설을 하고 있다.

　그 적 중 하나로서 내가 문제시하고 싶은 것은 화평지구(윤함구)에 있
는 노대가입니다. 화평지구 내에 있으면서 더욱 제군의 이상과 열정, 또
는 문학활동에 대립하는 표현을 하는, 유력한 문학자의 존재가 있습니다.
물론 여기서 그 인물은 누구인가 하는 것은 밝히지 않겠습니다만, 그는
극히 소극적인 표현, 사상과 행동으로 제군과 우리의 사상에 적대를 표하
는 노대가라고 가상하는 것은 허용해서는 안될 기만의 전제가 아닌가.
(가상假想하는 것은 당연하다)

　이름은 나와 있지 않지만, 이것은 분명히 주작인周作人을 칭하고
있다. 국제대회에서 개인을 공격하는 것은 희귀하다. 예정되어 있고
신문에까지 이름이 나와 있는 데도 출석하지 않은 것이, 일본문학보
국회로서는 매우 신경에 거슬렸을 것이다. 주작인周作人, 심계무沈啓
无 사이의 확집이나 그 사이의 주작인의 움직임에 대해서는 기야마
히데오木山英雄가 쓴『북경구주암기北京苦住庵記』(岩波書店, 1978.3)에 자
세하기 때문에 그 책을 참고하기 바란다. 어쨌든, '초대후보자' 명부

에 있는 중화민국 대표 중에 실제로 일본에 온 것은 전도손錢稻孫, 우병기尤炳圻, 심계무沈啓无뿐이었다. 가타오카 뎃페이가 단장격이었던 주작인을 '반동' 취급을 했던 것은 이러한 사정이 있었기 때문이다. 장혁주는 가타오카의 발언에 대해 질문했다.

(의제) "중국문학 확립의 요청"과 그 다음의 "중경지구 공작"은 매우 중요한 문제이므로, 감히 질문 드리겠습니다. 조금 전의 가타오카 씨는 반화평의 사상을 가지고 있으면서 화평지구에서 활동하는 자가 있다고 말했습니다. 또 유우생柳雨生 씨 편집의 잡지에 중경 측의 인사가 집필하고 있습니다. 여기에 대해서 중국 측은 어떤 태도로 임하고 있습니까.

—『문학보국』, 1943.9.10

장혁주는 가타오카의 발언에 가세하여 중국 측을 몰아붙였다. 장혁주가 윤함구에 머물렀던 거물문화인 주작인뿐만 아니라, 중국대표로 실제로 참석한 유우생까지 비난을 퍼붓기에 이르자, 중국대표인 구사노 신페이草野心平는 사태를 악화시키지 않기 위해 이렇게 대답했다.

제가 대강 대답해 보고 싶습니다. 중경파의 작품이 실려 있다는 것은 사실입니다. 그것이 어떤 이유로, 중경파의 작가가 잡지에 투고하고 있었는가 하는 점은 지금 본인이 없으니 책임 있게 대답할 수 없습니다만, 일본에 지금 현재 번역되어 있는 중국 문학의 거의 대부분이 중경 쪽의 작가의 작품입니다. (…중략…) 즉 순수하게 정치적인 의미를 고려하지 않고, 문학작품으로서 그것이 좋다, 좋으니까 번역한다, 좋으니까 잡지에 싣는다, 그런 상태가 아닌가 하고 생각합니다.

그래도 장혁주는 납득하지 않고

이 회의는 토론이 가능합니까. 발언만이 가능합니까.

라고 물고 늘어졌지만, 위원장 시라이 교지白井喬二의 "시간 관계상"이라는 발언으로 장혁주는 그 이상의 주장을 계속할 수 없었다. 장혁주의 황민도는 보통의 일본인 문학자를 넘어서고 있음을 보여주는 일막이었다.

제3회 대동아문학자대회는 1944년 11월에 남경에서 의장 나가요 요시로長與善郎 이하 일본대표 14명, 만주대표 8명, 중국대표 46명이 모인 가운데 열렸다. 조선에서는 이광수가 대표로 뽑혔고, 그 외에 김기진金村八峰이 참가했다. 이 회의에서 대동아문예원의 설립이 결의되는 등, 구체적인 일이 진행되었으나, 곧 일본의 패전을 맞아 실현을 보지 못했다.

나가요 의장은 「남경파견 대표귀환보고회」(『문학보국』, 1945.1.1)에서 뜻에 맞지 않는 대회가 되었다고 솔직하게 인정하고 있다.

여러 가지 곤란한 일도 생겨서 만사 벼락치기 식이었다. 대체로 상대편은 책임의 소재가 일본만큼 강하지 않고, 대회이외의 간담회를 할 계획이었지만, 중국 측에 열의가 충분했다고는 생각하지 않는다. (…중략…) 이러한 곤란한 점은 여러 가지 일에 대해서 말할 수 있겠지만 조금 더 정말로 실질적으로 마음과 마음의 결합을 요구하고 싶었다.

2.

대동아문학자대회의 보도는 매우 요란한 것이었다. 당시의 일본의 신문잡지가 어떻게 보도했는가는 오자키 호쓰키尾崎秀樹의 『구식민지문학 연구』(勁草書房, 1971)에 소개되어 있고 목록까지 첨부되어 있다. 이 장에서는 조선과 중국에서 어떻게 소개되었는가, 대회에 참가한 조선과 중국의 문학자들이 무엇을 생각하고 있었는가를 단편적으로 자료를 통해 보고자 한다.

일본의 신문잡지가 특집을 구성한다든가 해서 대대적으로 열렬하게 다루고 있었던 것에 반해, 조선과 중국에서는 비교가 되지 않을 정도로 냉담했다. 조선총독부 기관지 『매일신보』조차도 1회에서 3회까지를 합쳐서 취급한 기사는 20편이 되지 않았고, 『국민문학』에서도 2, 3편에 지나지 않는다.

대체로 대동아문학자대회에 고지식하게 몰두했던 것은 일본 측뿐이었던 것은 아닐까. 제3회 대회에 중국대표로 현지에 참가한 다카미 준高見順은 이렇게 일기에 기록하고 있다.

> 대회의 풍경은 재미있었다. 중국의 문학자들은 거의 듣고 있지 않았다.
> 때때로 귀를 기울이면서, 대개는 탁상의 잡지를 읽는다든가 하고 있었다.
> 참으로 자유로운 태도다. ─ 오히려 부러웠다.
>
> ─『다카미 준 일기高見順日記』, 1944.11.13

하기야 제3회 대회 때에는 벌써 '내지'의 폭격이 시작되고 있는 정황은 일본에 불리했고 왕정위汪精衛의 죽음이 전해지기도 해서 회의를 진행할 상황이 아니기도 했다. 그 정도로 정황이 절박하지 않았던 제2회 대회에 참가했던 도항덕陶亢德은 중국에 돌아와서 중국 어잡지 『고금반월간古今半月刊』(제34기, 민국民国 32년 11월)에 「동행일기東行日記」를 발표하고 있다. 1943년 8월 15일에서 9월 7일에 이르는 사이의 일기를 일본에서 써서 기고한 것이다. 이 글은 일본의 가두풍물을 적확하게 포착하고 있어 흥미롭다. 게이오 병원 정원의 소나무의 유래에 관심을 보인다든지, 방귀에 대한 전문서가 많은 것에서 문화의 차이를 느낀다든지 하는 세세한 기술이 끝없이 계속된다. 제2회 대회의 부분에서는 보고자의 성명만이 나열되고, 그 다음에는 "무샤노코지 사네아쓰武者小路実篤, 사토 하루오佐藤春夫 두 대가의 연설이 있었으나 소리가 낮고 억양이 없어서 저작에 능숙한 자가 반드시 연설에 능한 것은 아니다"라는 평은 있지만, 전체 발언자의 발언 내용에는 전혀 언급하지 않고 무시하고 있는 것은 볼만한 것이다.

이 온후한 지식인은 야하기 나카오谷萩那華雄 소장과 하야시 후사오林房雄 등과 함께 『아사히신문』에 가서 좌담회를 했지만 다음날 『아사히신문』을 보면 말한 것과 다르게 되어있다고 불만을 토로하고 있다.

도항덕陶亢德은 일본 측이 짜놓은 스케줄에 따라 걸었던 기록을 담담하게 쓰면서 군데군데 예리한 비평을 첨가한다. 8월 23일, 메이지신궁과 야스쿠니신사에 참배했을 때, "주차장에서 본당까지 그렇게 멀지 않은데도 굵은 자갈이 깔려 있어서 염천이기도 했고, 꽤 피곤했다. 동행한 일본인을 보면 당당하게 걸으며 조금도 피곤한 기색이 아니었다"라고 일견 태연하게 기술하는 가운데 강제된 자의 정신적 피로를 슬쩍 드러내고 있다.

8월 22일의 "오후에 초대된 메이지 신궁 외원의 풀장에 '학생수영연성대회'를 보러 갔다. 엄청난 더위에 장시간 앉아 있을 수 없어서 혼자 밖에 나가 작은 찻집에 들어가 냉차를 마셨다. 한 잔에 10전. 계단 아래에 돈을 지불하여 표를 받고, 그리고 이층에 올라가 마신다"라는 기술에도 일본 측의 접대에 질려 버린 모습이 전해져 온다. 점령하의 당시의 중국에도 이러한 것이 기록되었으니, 발표된 것과 같은 공통된 인식이 중국사회에 있었던 것이다. 새삼스럽게 중국인의 강인함에 혀를 내두를 뿐이다. 제1회 대회 때 이광수는 "미천한 신하 가야마 미쓰로, 삼가 성수의 무강을 빕니다"라고 큰 절을 하고 있는데도, "일행 중에 장아군張我軍이라고 하는 사람만이 바깥을 쳐

다보며 절을 하지 않았던 것이 인상적이었다. 이 사람은 일본어가 능통해서 통역도 했지만, 상당히 완고한 사람이었다"(이와야 다이시嚴谷大四,『사판쇼와문단사私版昭和文壇史』, 虎見書房, 1968.11)라고 당시사무국에서 접대 일을 했던 이와야 다이시는 회상하고 있다. 덧붙여 말하자면 이와야는 제2회 대회 때, 나고야에서 대표들이 "유흥가를 즐기기"위해 나갔다든가, 교토에서는 집단으로 게이샤놀이에 몰려간다든지" 해서, "대동아문학자대회라고 하는 참으로 위엄 있는 제목이었으나 결국은 인간성의 발로로 끝난 것 같다"라고 비꼬고 있다. 그 교토에서 김용제는 혼자 빠져나가 후쿠이에서 어머니를 동반하고 온 나가노 스즈코中野鈴子를 만나고 있었다. 나가노 시게하루中野重治의 여동생이다. 1937년 초 무렵 사귀게 되어, 김용제는 37년 7월에 강제 송환되어, 잠시 뒤쫓아 갔던 스즈코가 38년 5월에 실의에 빠져 한국에서 귀국한 이래의 첫 대면이었다.

3.

다케우치 요시미竹内好, 1910~77는 거의 모든 단체, 개인이 대동아문학자대회에 참가하는 가운데, '바쁘다'는 이유로 대회에 참가하지 않았다.

그는 1934년 3월, 동경대학 지나철학·지나문학과를 24세에 졸업한 해에, 주작인周作人·서조정徐祖正 환영회를 기회로, 일본최초의 중국 현대문학 연구를 목적으로 한 중국문학연구회를 발족시키고, 다음 해부터 『중국문학월보』를 계속 발행했다. 제목의 글자 '중국문학'의 네 글자는 세 번째 회의에 초청된 곽말약郭沫若이 쓴 것이었다. 월보는 12~20쪽 가량의 책이었다. 동인에 다케다 다이준武田泰淳·오카자키 도시오岡崎俊夫·마쓰다 와타루增田涉·마쓰에다 시게오松枝茂夫·사네토 게이슈実藤恵秀 등이 있었다.

일전에 일본문학보국회로부터 회장의 명의로 대동아문학자대회를 개최하는 것에 대해 원조를 청하는 취지가 인쇄된 편지가 중국문학연구회 앞으로 도착했다. 그 수일 후에 나는 근무처의 전화로 일본문학보국회의 사람이라는 사모부터 그 대회에 어떤 일을 맡아달라고 요청받았다.

이것은 「대동아문학자대회에 대해서」(『中国文学』, 1942.10.31記) 서두이다. 많은 대회 참가자들이 어떤 경위로 일련의 움직임에 말려 들어갔는지 알 수 있다. 다케우치 요시미는 이 요청을 '바쁘다'는 이유로 거절했다. 그러나 그 '바쁨'은 다음과 같은 것이라고 쓰고 있다.

보국회에 나가는 것보다 『중국문학』의 교정을 보는 편이 의의가 있다는 의미에서의 바쁨이다. 그렇지 않다면 바쁘다는 것이 의미가 없다. 확실히 말하면, 대동아문학자대회는 일본문학보국회에 있어서 그럴듯한 행사일지도 모르지만, 중국문학연구회가 나갈 무대는 아니라고 생각했다. 지나의 문학자를 환영하지 않는다는 것이 아니다. 환영할 사람을 환영하는 것이 우리들의 환영의 방법이라는 것이다.

계속해서 이렇게 말한다.

나는 적어도 공적으로는 이번의 회합이 다른 면은 모르지만, 일지의 면만으로는 일본문학의 대표와 지나문학의 대표와의 회동이라는 것을, 일본문학의 영예를 위해 또한 지나문학의 영예를 위해, 승복하지 않는다. 승복하지 않는 것은 완전한 회동을 미래에 맡기는 확신이 있기 때문이다. (…중략…) 쇼와 17년 모월모일의 회동이 있어, 일본문학보국회가 주최했지만, 중국문학연구회는 참여하지 않았다는 것을, 그 참여하지 않음이 현재에 있어서 가장 좋은 협력의 방법이라는 것을, 백년후의 일본문학을 위해서 역사에 남겨두고 싶은 것이다.

백년을 기다릴 필요도 없었다. 3년 후인 1945년 다케우치가 정확했음이 증명되었다. 다케우치 요시미의 존재를 우리는 자랑스럽게 생각한다.
차례로 동인들이 개인적으로 대동아문학자대회에 휩쓸려 들어갔을 때, 다음 해 1943년 2월 23일, 다케우치의 제안으로 '당파성의 상실'을 이유로 '중국문학연구회'는 해산한다.
그보다 앞서, 대동아전쟁이 시작된 1941년 12월 8일을 기해, 다케우치는 「대동아전쟁과 우리의 결의」를 『중국문학』(통권 80호, 1941.12.25) 지상에 발표한다.

역사는 만들어졌다. 세계는 하룻밤에 변모했다. 우리들은 눈앞에서 그 것을 보았다. 감동에 떨면서 무지개와 같이 흐르는 한 가닥의 빛줄기의 행방을 지켜보았다. 가슴이 북받쳐 오르고 형언할 수 없는 것이 격동하여 일어나는 것을 느낄 수 있었다.

12월 8일, 선전의 조서가 내려진 날, 일본국민은 하나로 타올랐다. 상쾌한 기분이었다. 이것으로 안심이라고 누구라도 생각하며, 입을 다물고 걷고, 친밀한 눈길로 동포를 바라보았다. 입 밖에 내어 말할 것은 아무것도 없었다. 건국의 역사가 일순간에 오고갔으니, 그것은 설명을 기다릴 것도 없이 명백한 것이었다.

12월 8일 그때, 나 자신은 여덟 살이었다. 아무것도 모르는 채로 이 것은 근일이구나 하고 예감하고 긴장했다. 그리고 예감대로 여섯 명의 가족은 각각 여섯 군데로 헤어져 살아갈 수밖에 없었고, 집은 강제 소개한 후에 폭격에 의해 불탔다. 그 긴장감은 아직까지 잊을 수 없다.

다케우치는 중국문학 연구자였다. "우리는 지나를 사랑하고, 지나를 사랑하는 것에 의해 거꾸로 우리 자신의 생명을 유지해 왔던 것이다"라고 다케우치는 말한다.

대동아전쟁에 쌍수를 들어 찬성한 것은 다케우치답지 않은 실수였다. 하지만, 그 심정은 이해할 수 있다. 1937년에 시작된 중일전쟁은 침략전쟁이었다. 다케우치는 그 중국으로부터 에너지를 받아, 자신을 지탱해 왔다. 모순과 의혹이 그를 괴롭혔다. 그러나 영미가 상대가 된다면, 이것은 제국주의와 제국주의의 맞부딪침이다. 윤리적으로 가책을 느낄 일은 아니다. 말하자면 대동아전쟁 발발에 의해 그때까지의 찜찜함이 후련해졌던 것이다.

동아에서 침략자를 내쫓는 것에 우리들은 조금의 도의적인 반성도 필요치 않다. 적은 일도양단에 베어 버릴 수밖에 없다. 우리는 조국을 사랑하고 조국에 뒤이어 이웃을 사랑하는 자이다. 우리들은 정의를 믿고 또한 힘을 믿는 자이다.

이 결론에 달한 데에는 그의 '아시아주의'가 작용하고 있었던 것이지만, 대동아문학자대회의 주제에는 벗어난 것이므로 다른 기회에 다루려 한다. 다만 하나, 그의 아시아주의에는 일본이 아시아의 리더라고 하는 지도자의식이 없다는 것이 하나의 특색이 되고 있다. '대동아'라고 하면, 우리는 소년기에 불렀던 노래의 한 구절을 떠올린다.

① 야자의 잎에서 우는 바닷바람 / 봉우리에 빛나는 산의 눈
　　남십자성과 북두성 / 함께해서 넓은 대동아
② 여기에 태어난 십억의 / 사람의 마음은 모두 하나
　　맹주일본의 깃발 아래 / 결단코 지킬 철의 진영
③ 하늘은 맑고 새벽의 / 빛 넘치는 사방의 바다
　　모두 동포와 어울려 / 힘을 모아 세우자 대동아
　　　　　　　　　　　　　　― 문부성 초등과 5학년용 〈대동아大東亜〉

다케우치는 한학과 관료를 매우 싫어했다. 제2차 대동아문학자 대회의 석상에 한학의 대가 요시키와 고지로吉川幸次郎 교토대학 교수는 중국의 신문학을 어두운 면으로만 묘사하여 "대동아전쟁을 완수하는 희망에 불탄 작품은 없다", "지금의 중국문학이 매우 빈곤한 상태에 있다고 생각한다"고 한 후 다음과 같이 말한다.

> 나는, 지금의 일본문학과 중국문학과의 관계는 그것은 제휴라고 하는 형태보다는 차라리 적극적으로 일본문학이 중국문학을 지도해야만 하는 상태에 있는 것은 아닌가 하고 나는 생각하고 있습니다.
>
> ─『문학보국文学報国』, 1943.9.10

지도지의식이 요시가와에게는 있었지만 다케우치에게는 없다. 지도자의식의 유무가 아시아의 연대인가 아니면 침략인가를 분명히 하는 하나의 지표가 되지는 않았을까.

1943년 11월, '노신'의 원고 ─ 유서라고 해도 좋다 ─ 를 일본평론사에 건네고, 12월 1일 소집영장을 받아 4일에 입영하고 10일 사쿠라 출발, 28일 이등병으로 그가 사랑해마지 않는 중국에 간다. 다케우치 요시미의 33세 때의 일이다. 귀향하여 평론가, 사상가로 활약하면서도 전후, 다시는 중국의 땅에 발을 디디지 않았다. 그는 1960년 안보의 때에, 중국을 포함한 전면 강화를 주장하여, 미국과의 단독 강화를 추진한 기시 내각의 비민주주의적 소행에 항의하여 도립대학 교수를 사임했다. 만년은 임어당林語堂의 『논어』를 따라 "민주주의에 반대는 하지 않는다", "정치에 관여하지 않는다", "양식·공정·불편 부당을 신용하지 않는다", "중일문제를 일본인의 입장에서 생각한다"를 취지로 잡지 『중국』을 내면서 번역 등을 하며 지냈다.

4.

대동아문학자대회는 상처의 유산이다. 이제 와서 토론할 가치가 있다고는 생각하지 않는다. 그러나 곤란에 부딪쳤을 때, 인간이 어떻게 대처하는가, 어떻게 처신하는가를 보기에는 좋은 재료이다. 대회의 방침에 순진하게 따른 자, 편승한 자, 면종복배로 지냈던 자, 참가하지 않은 자, 인간 각각의 사는 법에 관련된 문제이다. 그리고 대동아문학자대회에 이르는 일련의 문화 상황을 야기한 책임의 문제도 아직까지 그대로 남아 있다.

제6장

이토 에이노스케伊藤永之介의 「만보산」을 둘러싸고*

1. 역사로서의 만보산 사건

'만보산 사건'은 1931년 7월 2일에 일어난 조선인과 중국인 농민 간에 일어난 물싸움이다. 하지만 그것이 '리튼 보고서'에 나와 있듯이 '만주'사변의 도화선이 됐다고 한다면, 일본이 이 사건과 관계가 없다고 하기 힘들다. 관계가 없기는커녕 밀접한 관련을 맺고 있었다. 박영석朴永錫이 쓴 『만보산 사건 연구万宝山事件研究』(제일서방第一書房, 1981)[1]를 보면 다음과 같이 말하고 있다.

---

* 이 글은 곽형덕이 번역하였다.
1 박영석, 『만보산 사건 연구』(아세아문화사, 1978.10)의 일본어 번역본.

제6장_ 이토 에이노스케의 「만보산」을 둘러싸고 | 99

만보산 사건도 또한, 관동군關東軍 중심의 대륙침략 음모에는 절호의 기회였다. 그것은 일본인이 조선인을 앞세운 중국 동북 지방에 대한 경제적 침략으로 유발된 사건일 뿐만 아니라 조선인을 이용해 한중韓中 충돌을 적극화하는 것으로, 중국 동북 지방을 침략하려는 목적을 달성하기 위해 일정한 압력을 가하게 되었다.

만보산 사건은 일본제국주의의 횡포로 토지를 수탈당한 조선 농민의 '만주' 이주로 조선인과 중국인 양 민족 간에 벌어진 사건이며, 그것이 '만주' 사변을 일으킨 직접적인 발단이 되었다. 그처럼 만보산 사건이 중요성을 갖고 있음에도 불구하고 그에 대한 연구는 매우 적다. 저자가 조사한 결과 단행본으로는 앞서 밝힌 박영석의 연구서가 유일하며 그 외에는 개개의 논문이 있을 따름이다.

① 우스이 가쓰미, 「조선인의 슬픔」, 아사히저널 편, 『쇼와사의 순간』
   상, 1974.5 수록.[2]
② 기쿠치 가쓰타카, 「만보산·조선 사건의 실태와 구조—일본 식민지
   화, 조선 민중에 의한 화교 학살 폭동에 대해서」, 『아이치학원대학
   인간문화연구소 기요』 22, 2007.[3]
③ 미도리가와 가쓰코, 「만보산 사건 및 조선 내 화교 사건에 대한 일

---

2 臼井勝美, 「朝鮮人の悲しみ」, 朝日ジャーナル 編, 『昭和史の瞬間』上, 1974.5 所収.
3 菊池一隆, 「万宝山·朝鮮事件の実態と構造—日本植民地化、朝鮮民衆による華僑虐殺暴
   動を巡って」, 『愛知学院大学人間文化研究所紀要』 22, 2007.

고찰」, 『조선사 연구회 논문집』 6, 녹음서방, 1969.[4]

④ 이무걸, 「만보산 사건의 경위」, 일본사회문학회 편, 『근대 일본과 '위만주국'』, 후지출판, 1997 수록.[5]

이상 4편의 논문을 들 수 있다. 각각의 논문에서 배울 점도 있지만, 단편적인 기술에 그치거나, 일방적으로 중국 측 입장에 서 있는 것 등도 있다. 이 외에는 석사논문이 2편 정도 있을 따름이다.

2. 문학으로서의 만보산 사건

만보산 사건을 그린 소설은 다음과 같은 것이 있다.

① (단편) 이토 에이노스케伊藤永之介, 「만보산万宝山」, 『개조改造』, 1931.10. 집필 1931.7.25.

② (장편) 이휘영李輝英 『만보산万宝山』, 상해上海 : 호풍서국湖風書局, 1933.3. 집필 1932.3~5.

③ (단편) 이태준, 「농군農軍」, 『문장』, 1939.7.

---

4 緑川勝子, 「万宝山事件及び朝鮮内排華事件についての一考察」, 『朝鮮史研究会論文集』 6, 緑蔭書房, 1969.
5 李茂傑, 「万宝山事件の経緯」, 『近代日本と'偽満州国'』, 不二出版, 1997 所収.

④ (중편) 안수길, 「벼」, 『북원北原』, 간도 : 예문사芸文社, 1944.4.15
수록. 집필 1941.11.

⑤ (장편) 장혁주, 『개간開墾』, 중앙공론사中央公論社, 1943.4.

위 가운데 ①·⑤는 일본어로 쓴 것으로 일본에서 발표됐으며, ②
는 중국어로 써서 중국에서 발표된 것이다. ③·④는 조선어로 쓴
것인데 ③은 조선에서, ④는 구'만주'에서 발표된 것이다. 이번 학술
대회에서 ②·③·④에 대해서는 다른 발표자의 보고가 있을 것이
므로, 저자는 ①·⑤에 한정해서 논의하기로 한다.

3. 「만보산」에 관한 문학논문

'만보산' 사건과 직간접적으로 관련된 논문은 다음과 같다.

① 스기모리 마사야, 「이토 에이노스케와 이휘영의 『만보산』」, 홋카이
도교육대학 어학문학회, 1997.[6]

② 가마야 오사무, 「이토 에이노스케와 조수리 — 두 명의 농민작가」,
『고마자와대학 외국어부 연구기요』 17, 1988.[7]

---

6   杉森正弥, 「伊藤永之介と李輝英の『万宝山』」, 北海道教育大学語学文学会, 1977.
7   釜屋修, 「伊藤永之介と趙樹理—二人の農民作家」, 『駒沢大学外国語部研究紀要』 17, 1988.

③ 임수빈, 「'만주' 만보산 사건(1931)과 중국, 일본, 한국 문학-이휘
　영, 이토 에이노스케, 이태준」, 『동경대학 중국어 중국문학 연구실
　기요』, 2004.[8]

④ 정혜영, 「1930년대 소설에 나타난 만주-「붉은산」과 만보산 사건
　의 수용」, 『어문논총』 34, 경북어문학회, 2000.8.

이 가운데 ②·④는 만보산 사건과 직접적으로는 관련이 없다. 나
머지는 ①·③ 2편인데, ①은 학술논문, ③은 석사논문이며, 그 나
름의 레벨을 유지하고 있다.

4. 이토 에이노스케 「만보산」 전후

이토 에이노스케는 1903년(메이지明治 36)에 태어나서, 1959년(쇼
와昭和 34) 세상을 떠났다. 아키타秋田 구가旧家[9]에서 태어나 소학교小学
校를 졸업한 후, 일본은행 아키타 지점 은행원 견습생이 되지만 2년
만에 퇴직, 독학으로 문학 수양을 쌓는다. 1921년, 아키타현에서 창
간된 『다네마쿠히토種蒔く人』[10]에 영향을 받아서 신아키타新秋田신문

8　任秀彬, 「'滿州'·万宝山事件(1931)と中国、日本、韓国文学—李輝英、伊藤永之介、
　李泰俊」, 『東京大学中国語中国文学研究室紀要』, 2004.
9　오래도록 계속된 유서 깊은 집안.
10　1921년 창간돼서, 1923년 폐간. 프롤레타리아 문학운동의 출발점이 됐다.

사에 입사, 약 3년간 신문기자 생활을 지속하다가 가네코 요분金子洋文[11]을 의지해서 상경, 1924년 7월 『문예전선文芸戰線』 1권 2호에 「신작가론新作家論」을, 9월호에는 단편 「진흙도랑泥溝」를 발표한다. 「신작가론」은 신감각파를 평가한 평론으로, 이것을 통해 신진 평론가로 인정을 받았으며 「진흙도랑」은 프롤레타리아 문예에 경도되어 가는 경향을 보여주는 작품이다. 이 두 가지 방향성은 장래에 걸쳐 이토 문학의 특색을 나타낸다. 이토는 1928년 노농예술가연맹勞農芸術家連盟에 가입해서, '경향성傾向性'이 있는 일련의 작품을 발표한다. 「만보산」도 그 계열에 속하는 작품이다. 이토는 그 직후부터 농민문학론에 관한 평론을 쓰고 있으며 또한, 일본 도호쿠東北 지방 농촌의 어두운 현실을 취재해서 작품을 쓴다. 이후 시종일관 농민문학의 길을 걷게 되며 1954년에는 일본농민문학회를 조직해서 길지 않은 기간이지만 회장도 역임한다.

이토의 전 작품을 통틀어 조선인이 주인공인 작품은 「만보산」 외에 딱 한 작품이 있다. 그렇다면 어째서 이토는 「만보산」을 1931년 7월이라는 시점에서 쓴 것일까. 그 시기 전후 일본의 상황을 살펴보자.

우선 나카니시 이노스케中西伊之助의 영향을 생각해 볼 수 있다. 나카니시는 조선에서 생활한 체험이 있다. 징병 중에 "영창에 2번, 외출금지 무수無數"의 경험을 가진 그는, 퇴영 후에 기독교 사회주의에 공명해서, 조선으로 건너간다. 신문기자가 되고 나서 후지타구

---

11 1894~1985. 소설가, 극작가, 연출가. 아키타현 출생.

미藤田組[12]와 데라우치寺內 총독을 공격한 죄로, 징역 4개월의 실형을 언도 받고, 그로 인해 신문사는 파산한다. 나카니시는 중국으로 건너가서 만철満鉄[13]의 사원이 된다. 장편『적토에 싹트는 것赭土に芽ぐむもの』(1922)[14] 외에 일련의 르포르타주는 이 시기의 체험을 바탕으로 쓰여졌다. 나카니시가 쓴 일련의 르포는, 모두 이토가 「만보산」을 발표하기 직전의 것들이다.

아래 세 작품은 모두 나카니시가 쓴 것이다.

「무순탄광撫順炭鉱」,『개조』, 1931.6.
「만주에 유랑하는 조선인満州に漂泊ふ朝鮮人」,『개조』, 1931.8.
「만보산 사건과 조선농민万宝山事件と鮮農」,『중앙공론』, 1931.8.

1931년 9월 18일, '만주사변'이 시작된다. 각지가 특집을 엮고 사태의 중대성을 인식하기 시작한 것은 11월호부터다. 이토는 일본에 있으면서 자료를 모아 1931년 7월 25일에 「만보산」을 집필해 10월호에 발표한다. 이 소설이 나오자 바로 반응을 보인 것이, 미야모토 겐지宮本顕治의 「후지모리 세키치의 '전환시대' 그 외」[15]이다. 미야모토는 이 문예월평에서 "이 백 매 가까운 소설을 읽는 것보다

---

12 1869년 후지타 덴자부로藤田伝三郎가 조직한 전형적인 정상政商이다.
13 남만주철도주식회사.
14 『적토에 싹트는 것』에는 김기호金基鎬라고 하는 조선인의 생활이 무참하게 유린되는 상황과, 일본인 기자의 투쟁이 그려져 있다.
15 문예월평 「藤森成吉の'転換時代'・その他」,『東京日々新聞』, 1931.9.25(보통, 잡지의 10월호는 9월 상순 혹은 중순에 발매된다).

『산업노동시보産業労働時報』 8월호에 실린 「만보산문제万宝山問題」라는 짧은 기사를 읽는 편이, 보다 구체적으로 문제의 본질을 파악할 수 있다고 말해도 부당하다고 할 수 없다. 작가의 눈은 매우 한정돼 있으며, 사건을 구체적인 원인 결과로밖에 바라보고 있지 않다. 만보산 사건의 본질적 계기를 형성한 제국주의적인 모순의 날카로운 대립은 본질적인 전개라는 측면에서도 물론 그려져 있지 않으며, 지극하게 애매한 정론적인 설명을 통해 막연한 배후의 힘으로 보이는 것이 약간 언급된 것에 지나지 않는다"고 혹평하고 있다.

이토는 온건한 사회주의적 경향을 갖고 있던 『문예전선文芸戦線』파에 속해 있어서, 『나프ナップ』파에 속해 있는 나카노 시게하루中野重治・고바야시 다키치小林多喜二・미야모토 겐지宮本顕治에게 투쟁의 대상이었던 것이다.

이에 반해 이토를 옹호한 것은 뜻밖에도 우노 고지宇野浩二[16] 「문학의 전망文学の眺望」(『개조』, 1931.11)이었다. 화류계에서 살아가는 끈질긴 인간상을 주로 그린 우노 고지는, 「만보산」을 "황량한 만주의 진로가 보이지 않는 길을 노래를 부르면서 덧없이 방랑하는 백성 일가와 그 동포"를 그린 "유난히 뛰어난" 작품이라고 평하고 있다.

이토 에이노스케의 문예시평 「농촌 궁핍과 문학, 문장의 문제農村窮乏と文学、文章の問題」(『개조』, 1932.9)는 그러한 평에 대답하는 형식이다. 그의 시각에서 보자면 나프 측 작품에는 "날조한 농민"이 많

---

16 1891~1961. 소설가.

다. "나프 측 작품에는 너무나도 프롤레타리아적 농민이, 그리고 우리들 쪽에는 지나치게 보수적인 농민이 많은 것이다"라고 하고 있다. 이 발언을 보더라도, 자신이 농촌을 보다 더 잘 알고 있다는 자부심이 그에게 있었음을 알 수 있다.

5. 이토 에이노스케 「만보산」

이토의 「만보산」은 일본 프롤레타리아 문학의 걸작이며, 조선인을 주인공으로 해서 조선인의 입장에 선, 일본문학 역사상 찾아보기 힘든 소설 중 히니이다. 예를 들어 이토보다 조금 선배 작가인 구로시마 덴지黑島伝治의 「구덩이穴」는 똑같이 조선인을 주인공으로 하면서, 일본군 부대에서 위조지폐를 사용한 혐의로 산채로 구덩이에 매장당하는 무고한 조선 노인을 그리고 있는데 조선인에 대한 동정, 공감은 찾아볼 수 있지만, 어디까지나 일본인의 눈을 통해 사건을 외부에서 파악하고 있다. 「만보산」처럼 주인공 조판세趙判世·배정화裵貞花 부부와 그 외 인물들이 고뇌만 하고 행동하지는 않는다. 「만보산」은 조선인의 내부에서 사건을 응시하고 있으며, 게다가 독자의 공명을 불러일으킬 수 있게 묘사 되어 있다. 이러한 작품은 일본문학사에서 그 예를 찾아보기 힘들다.

이 작품에는 토지를 빼앗기고 '만주' 땅을 방랑하는 조선인이 그려져 있다. 조선인들이 가까스로 장춘 교외 만보산이라고 하는 야트막한 언덕 기슭에 정주할 땅을 얻어서, 그것으로 자리를 잡고 일을 할 수 있다고 생각해 개척 작업을 정리하자마자, 바로 수로 공사에 착수한다. 그 완성이 가까워지자 길림성 정부에서 공사 중지 명령이 내려온다. 일본 측 병사가 상황을 살피러 오지만 지켜볼 뿐이다. 중국 측 병사는 기마와 총으로 조선인들을 위협하고, 그 틈에 중국 농민은 개척지에 파종을 한다. 수로 공사 선두에 섰던 조판세는, 중국 관헌에게 잡혀가지만, 반사반생半死半生의 몸으로 돌아온다. 이러한 정황을 작가는 다음과 같이 쓰고 있다.

선농鮮農의 배후에는 ××(일본)이 있다. 지나支那에 귀화한 선농의 명의로 ×××(중국인)이 전지田地를 사들였다. 만몽滿蒙에서 백 수십만의 선농을 부려서, ××(일본)은 점차로 방대한 토지를 자신의 손에 넣을 것이다. 하지만 ××(일본)은 ××(선농)이 어떠한 ××(탄압)을 받아도 모른 체하고 있다. 당병當兵이 ××(선농)을 때리거나 발로 차거나 하면, ××(일본)은 가장 두려워하는 ××××××××을 할 수 있다. 그러므로 지나도 ××(일본)이 기뻐하도록 공산주의 단속이라는 명의로, ××(선농)을 황야에 내쫓고, 유치장에 처넣는 것이다.(×는 원문 복자. 복자 복원은 인용자)

일본과 중국 쌍방의 속셈 가운데, 조선 농민이 비참한 생활고에 허덕이는 모습을 작품 「만보산」은 그리고 있다. 「만보산」의 마지막은, "안개에 젖은 평원을, 백의白衣의 무리는 장춘 쪽을 향해 어디까지라도 흔들리며 걷고 있다"라고 끝내며 조선 농민의 고난이 아직 끝나지 않았음을 시사하고 있다.

「만보산」을 쓴 시점에서는, 조선인의 협력자가 있었을 것이다. 작품 가운데 비록 조선인의 생활풍습이나 한자의 조선어 읽기 등에 부정확한 부분이 있기는 하지만 전체적으로 볼 때 조선인 협력자가 있었음은 확실해 보인다.

6. 「만보산」 판본 비교

「만보산」을 정점으로 이토는 그 후 한 발 뒤로 물러나서, 농민문학에 몰두해 '조선'과 관련된 작품에서 멀어져 간다. 이토가 쓴 작품 중에 「만보산」 이외에 조선을 소재로 한 작품은 단 한 편 밖에 없다.

이토는 「조류물까지(자작안내)」(『문예』, 1938.11)[17]에서 「만보산」에 대해 다음과 같이 쓰고 있다.

나도 이 작품에는 좋은 점이 있다고 믿고 있지만, 다른 식민지관련 작품과 마찬가지로 그 사회 현실에 대한 파악이 깊지 않을 뿐만 아니라 확실히 소극적이고 신중한 태도로 일관해서, 감도感度가 약해진 사생적寫生的

---

17 「鳥類物まで(自作案內)」.

리얼리즘이 근저를 이루고 있는 것은 나로서는 역시 과거의 것으로 삼지 않으면 안 된다.

이것을 보자면 「만보산」에 대한 이토의 자기 평가는 상당히 낮음을 알 수 있다. 같은 문장에서 그는 또 이어서 쓰고 있다. 당시 자신의 문학을 "사생적寫生的 리얼리즘을 프롤레타리아 의식으로 포장한 것과 같은 것"이라고 말하고 있다. "1930년(쇼와 5) 후반부터 나는 식민지에 눈을 돌렸다. 그것은 다음 해인 1931년 거의 끝까지 이어졌"다. 그것이 갑자기 방향을 전환 하는 것은, "내가 쓴 오늘의 농촌 소설은 1931년 도호쿠 지방의 흉작이 배태한 것인"만큼, 식민지 관련 작품에 안녕을 고한 것과, "전기前記한 문학운동이 붕괴한 후인 1933년 8월부터 1935년 10월까지의 3년간은, 사회 정세와 관련된 것도 있어서 나는 지독한 침체기에 빠져있"었다.

식민지관련 작품에 관심을 잃어가는 모습을, 「만보산」 개작을 통해서도 살펴볼 수 있다. 초출은 『개조改造』 1931년 10월(집필, 1931.7.25)이다. 개작된 것은 『가라스鴉』[18]에 수록된 개작으로, 이것은 패전 후 1968년 7월 19일 고단사講談社 『일본 현대문학 전집 89日本現代文学全集 89』에 수록된 것과 거의 동일하다. 한자와 가나仮名, 루비ルビ가 있거나 없거나 등, 표기상의 차이, 명백한 오기[19] 등의 정정 등은 무시하기로 한다.

---

18 新潮社, 1939.7.1.(「鴉」, 「万宝山」, 「狐」 수록)
19 '一'一緒に諸に'를'로 표기 하는 등의 오기.

1931년 초출(상단 = 번역문, 하단 = 원문)	1939년판(상단 = 번역문, 하단 = 원문)
돼지의 신음소리가 밤하늘에 豚の呻声が夕空に	돼지의 우는 소리가 저녁노을의 하늘에 豚の啼声が夕栄の空に
조선의 고향에서 쫓겨나서 朝鮮の故郷を追ひ出され	조선의 고향을 지주에게 쫓겨나서 朝鮮の故郷を地主に追ひ出され
장춘 (이하, 반복) 長春	장추 長秋
이통하(이하, 반복) 伊通河	정통하 井通河
길림성(이하, 반복) 吉林省	귤림성 橘林省
일본영사관(이하, 반복) 日本領事館	영사관 領事館
전혀 결말이 나지 않았다 一向埒が明かなかった	결말이 나지 않았다 埒が明かなかった
채종기는 이미 다가오고 있었다 採種期はもう迫っていた(播種期のミスプリント)	삭제없음
남만주의 태자촌 南満州の太子村	태자촌 太土村
북쪽 방향에 만보산의 야트막한 구릉이 보인다 北の方角に万宝山の低い丘が見える	북쪽 방향에 야트막한 구릉이 보인다 北の方角に低い丘が見える
검은 점토가 검은 굴뚝처럼 黒い粘土が黒煙突のやうに	점토가 흑설탕처럼 粘土が黒砂糖のやうに
수로는 인간이 걷는 듯한 속도로 부쩍부쩍 水路は人間が歩くやうな速度でメキメキ(と前進する)	수로는 사람이 걷는 듯한 빠르기로 水路は人が歩くやうな速さで(のびて行く)
땀을 문지르고 汗をこくって	땀을 문지르고 汗をこすって
일본인 지주에게 밭을 빼앗기고 日本人地主に田を奪はれ	내지인 지주에게 밭을 빚의 담보로 빼앗기고 内地人の地主に田を借金のかたに奪はれ
국경에서 만주로 떠돌아나너서 国境から満州へと流れ出て	국성에서 떠돌아나너서 国境から流れ出て
만보산 오백천지의 황무지 万宝山五百天地の荒蕪地	이곳의 오백천지의 황무지 ここの五百天地の荒蕪地

1931년 초출(상단 = 번역문, 하단 = 원문)	1939년판(상단 = 번역문, 하단 = 원문)
머지않아 만보산에는 間もなく万宝山には	머지않아 그곳에는 間もなくそこには
탁탁, 탁탁 지표에 나타났다 タタ、タタッと地表にあらわれた	지표에 급히 달려 올라갔다 地表にかけあがった
수로의 가장자리를 허세로 차례로 水路(スウロ)のへりを虚勢で反り返り	수로의 가장자리를 차례로 水路のへりを反り返り
해질녘, 가까운 만보산 방향에서부터 일단의 夕方、近く万宝山の方角から一団の	해질녘 가까이 일단의 夕方近く一団の
지난밤부터 수로의 昨夜から水路の	수로의 水路の
홍수에 침범을 당하며 洪水に浸されるし	홍수에 습격을 당하며 洪水に襲はれるし
삼성보(이하, 반복) 三姓堡	삼세보 三世堡
떠올라 보였다 浮かせて見せた	어둠 가운데 떠올라 있었다 闇のなかに浮きあがらせてゐた
천지에 꽉 찬 신음이 天地にこもった呻めきが	천지에 꽉 찬 아우성이 天地にこもった唸りが
까칠까칠한 손바닥 ざらざらした掌	튼 손바닥 荒れた掌
뒤집어썼다 おッかぶさった	눌러내렸다 おしかぶさった
삼가둔 三家屯	삼하둔 三荷屯
장춘에 일개 연대와 다수의 경관을 거느리고 있는 일본영사관은, ××××××× 등은, 난 모르겠다는 듯, 새롭게 한 명의 경관도 보내지 않았다 長春に一箇聯隊と多数の警官を擁してゐる日本領事館は、××××××××などは、何処吹く風とばかりに、新たに一名の警官も送って来ない	장추에 상당한 군대와 다수의 경관을 거느리고 있는 영사관은, 그럼에도 불구하고 변함없이 무슨 연유에서인지 새로 단 한 명의 경관도 보내지 않았다 長秋に相当の軍隊と多数の警官を擁してゐる領事館は、それにもかかはらずどうしたわけか新たに一名の警官も送って来ない
"우리들이 ××××, 좋은 돈벌이 구실이 될 것이요" 「俺達が××××、いい金儲けの口実になるべよ」	"우리들이 죽어도 누가 울어줄테냐" 「俺達が死んだって誰が泣いて呉れるかよ」

1931년 초출(상단 = 번역문, 하단 = 원문)	1939년판(상단 = 번역문, 하단 = 원문)
만, 일손이 모자람에도, 쿠로보시(지명, 역자)가 が、手薄にもせよ、黒帽子が	만, 쿠로보시가 が、黒帽子が
만보산의 장날에 万宝山の市日に	마을의 장날에 町の市日に
동지철도 다리 아래 東支鉄道橋下	철도의 다리 아래 鉄道の橋下
인력거에 이은 두 대의 마차 手車に続いた二台の馬車	우차에 이은 두 대의 마차 牛車に続いた二台の馬車
잘 어울려 よく似合ふのー	잘 어울리는군 よく似合ふなー
추방할 것을 구리도록 알고 追放することを臭いほど知って	추방할 것을 알고 追放することを知って
일절 합재가 썩는 느낌이 들었다 一切合財が腐る気がした	모든 것이 썩는 느낌이 들었다 すべてのものが腐る気がした
총성은──어디에서도 들리지 않았다 銃声は──何処からも聞こえなかった	총성은──뜻이 멈췄다 銃声は──ぱたりとやんでゐた
조세원(5절) 趙世員(5節)	생리원 生理員
모두 입을 다물었다 みんな押黙った	모두 침묵했다 みんな黙った

선농의 배후에는 ××이 있다. 지나에 귀화한 선농의 명의로 ×××이 전지를 사들였다. 만몽에서 백수십만의 선농을 부려서, ××은 점차로 방대한 토지를 자신의 손에 넣을 것이다. 하지만 ××은 ××이 어떠한 ××을 받아도 모른 체하고 있다. 당병이 ××을 때리거나 발로 차거나 하면, ××은 가장 우려하는 ××××××××을 할 수 있다. 그러므로 지나도 ××이 기뻐하도록 공산주의 단속이라는 명의로, ××을 황야에 내쫓고, 유치장에 처넣는 것이다.

鮮農の背後には××がある。 支那に帰化した鮮農の名義で×××が田地を買入れた。満蒙百数十万の鮮農を手先として××は次第に厖大な土地を自分の手に入れるだらう。が××は××がどんな××を受け

그 결과는 선농은 어디까지 가더라도 쫓겼다. 지주에게 고향에서 쫓겨나 국경을 넘어 온 그들은, 여기서는 당변의 총에 사정없이 내쫓겼다. 정착하는 곳곳마다 그것은 집요하게 따라왔다.

その結果は鮮農はどこへ行っても追いたてられた。 地主に故郷を追はれて国境を越えて来た彼らは、ここでは当兵の銃で追ひまくられた。落ちつく先々にそれは執拗く追ひかけて来た。

1931년 초출(상단 = 번역문, 하단 = 원문)	1939년판(상단 = 번역문, 하단 = 원문)
ても知らぬ顔をしてゐる。　当兵が××を殴ったり蹴ったりすれば、××はその最も恐れる××××××××出来る。だから支那も××が喜ぶやうに共産主義取締の名義で××を荒野にたたき出し、ブタ箱にブチ込むのだ。	
왜 그려, 왜 그러는겨 どうしたよ、どうしたよ	왜 그래, 왜 그러는 거야 どうした、どうしたよ
마칭구 (이하, 반복) 馬称口	마정구 馬正口
빛이 울퉁불퉁한 들판을 줄무늬를 만들며 흘러가 光りが凹凸のある野面を縞を作って流れ	빛이 줄무늬를 만들며 흘러가 光りか縞をつくって流れ
진동했다 振動した	흔들렸다 揺れた
봉천의 남쪽 태자구 奉天の南の太子溝	봉천 남쪽 태사구 峰天の南の太士溝
사평가 四平街	사평가 司平街
아귀들 我鬼ども	아귀들 餓鬼ども
오한이 지나가다 悪寒が走った	오한이 등줄기를 지나갔다 悪寒が背筋を走った
평원 가득 짓누르는 침묵이 왔다 平原一杯圧へつける沈黙が来た	무거운 침묵이 평원을 짓눌렀다 重々しい沈黙が平原を圧へつけた
잠시도 가만히 있을 수 없는 불안 때문에, 어둠속을 휘청휘청 眠として居られない不安から、闇のなかをフラフラと	가만히 있을 수 없는 불안 때문에, 어둠속을 갈팡질팡 凝として居られない不安から、闇のなかをまごまごと
어찌 됐는겨 どうなったべかなア	어찌 되교 どうなったべたなア
갈까비 行かれそかヨ	갈까벼 行かれるかヨ
근질근질 가려운 눈꺼풀 ムズムズ痒い瞼	눈물로 근질근질 가려운 눈꺼풀 涙でムズムズ痒い瞼

우선 마음에 걸리는 조선어, 한어(중국어) 발음 루비를 살펴보면, 틀린 부분이 거의 없다고 할 수 있다. 이는 「만보산」 집필 당시, 조선인과 중국인 협력자가 있었을 것으로 추정할 수 있는 이유이기도 하다. 다만 중국어로 '当兵'에 달려 있는 루비가 '타―빙ターピン'과 '탕빙タンピン' 두 종류로 혼재 되어 있으며, '蓆子'에 미―즈ミーヅ라는 루비를 달고 있는 것 등은 부정확한 부분이다. 조선어 '손도전孫道全'은 초출, 개정판 모두 '손토롱ソントリョン'이라는 루비가 달려 있는데, 이것은 한자가 잘못된 것으로 '손도령孫道令'으로 추정된다. '尹貴子'도 초출, 개정판 모두 '윤기자ユンキジャ'라고 루비가 달려 있는데, 이것은 '윤귀자尹貴子'를 잘못 표기한 것으로 보인다.

한편, 『개조』 게재 당시에는 정확했던 것이 그 후 개정을 하면서 틀리게 된 예도 있다. '조판세趙判世'를 초출에서는 경의를 담아서 타인이 '초세원チョセォン' 즉 '생원'이라고 부르고 있음에 비해, 개정판에서는 '생리원生理員'에 루비를 '초세원チョセォン'으로 달아서 부르고 있다. '생리원'이라는 말은 의미가 전달되지 않는다. 또한 초출에서는 '이수동李守東'을 '이수동イストン'이라고 정확하게 루비를 달고 있는 것에 반해, 개정판에서는 '이수―웅イスーン'이라는 루비를 달고 있다. 개정을 할 때 한자나 한자음을 바로잡아 줄 사람이 이토의 옆에 없었던 것으로 볼 수 있다.

초출과 1939년 개정판을 비교해 볼 때 가장 큰 차이점은 고유명사에 관한 부분에 있다. 개정판은 표제를 빼고 '만보산' '만주'라는 말을 모두 제거하거나 한자를 한 자 정도 틀리게 해서 실재하지 않는

지명으로 바꾸고 있다. 예를 들어 '장춘長春'을 '장추長秋'로, '이통하伊通河'를 '정통하井通河'로, '길림성吉林省'을 '귤림성橘林省'으로, '삼성보三姓堡'를 '삼세보三世堡'로, '마칭구馬称口'를 '마정구馬正口'로, '간도間島'를 '간동間東'으로, '사평가四平街'를 '사평가司平街'로, '봉천奉天'을 '봉천峰天'으로, '태자하太子河'를 '태사하太土河'로, '삼가둔三家屯'을 '삼하둔三荷屯'으로 바꾸고 있다. 개정판은 모두 실재하지 않는 지명이다. 또한, '동지철도교하東支鉄道橋下'를 '교하橋下'에, "만보산의 장날万宝山の市日"을 단순히 '장날市日'로 고치고 있다. "북쪽 방향에 만보산의 야트막한 융기北の方角に万宝山の低い隆起"는 "북쪽 방향에 낮은 융기北の方角に低い隆起"로 만보산이라고 하는 말을 지워내고, '일본영사관'을 '영사관'으로, '일본인'을 '내지인'으로 고치고 있다.

그러면 어째서 이러한 개정을 한 것일까. 본래 이토가 「만보산」을 개정한 의도는 무엇이었을까. 중국 경찰과 많은 중국 농민들로부터 적대시 당하고, 일본 영사 경찰로부터도 버림받았던 조선 농민의 비참한 상황을 그리는 것이 이토가 기획했던 당초의 목적이었는데, 개정판에서는 농촌 소설을 그리는 것이 목적으로, 무대가 반드시 중국일 필요도, 주인공이 조선 농민일 필요도 없었던 것으로 볼 수 있다.

「가라스鴉」는 내가 지금까지 쓴 작품 중에서, 가장 사람들이 읽어 줬으면 좋겠다고 생각한 작품이다. 「만보산」은 그에 비해 1931년 가을, 소설에 쓴 사건이 일어났던 2, 3개월 지나서 쓴 것이다. 현재 용어로 말하자면 보고문학이라고 해도 좋을 법한 것인데, 나로서는 그 소설이 결코 그러한 실용적인 것으로 끝나고 있지 않다고 생각한다. 그러한 시기에 잘도 그러한 위험한 문제를 쓰는 것이 가능했다는 느낌이 들지만, 그 작품이 그 정도로 겉돌지 않고 있는 것은, 당시 자신이 진퇴양난의 급박한 밑바닥에 직면해 있었기 때문인지도 모른다. 만주사변이 일어난 해는 도호쿠 지방에 흉작이 일어났다. 다음 해 1931년 작품인 「가라스」는 그해 도호쿠 지방의 농민이 당면한 현실을 그리고 있는데, 자신의 농촌 소설은 이 작품에서부터 발족 했다고 해도 좋다.

— 「자서自序」, 『가라스(까마귀)』, 1939

　이것을 보면 1939년이라는 시점에 이미 이토에게 「만보산」은 까마득히 멀리 가버렸음을 알 수 있다. 이토는 "그러한 시기에 잘도 그러한 위험한 문제를 쓰는 것이 가능 했다"고 회상하고 있다. 이도는 만보산 개척지에서 조선인이 고투하는 모습을 그리는 것이 '실용'으로, 그것을 통해서 농민 일반, 그 가운데서도 일본인 농민 일반의 문제에 몰두하는 것이 '실용' 그 이상의 것이라고 하는 인식을 보여준다. 1957년, 이토는 농민문학회 회장이 되는데, 그에게 아시아 농민 문제는 아주 먼 이야기가 되고 만다.

7. 장혁주의 『개간開墾』

　장혁주의 장편 『개간』은 1943년 4월, 중앙공론사中央公論社에서 출판됐다. 이 작품도 만보산 사건을 다루고 있는 일본어 소설이므로 간단하게 살펴보기로 한다.

　장혁주는 1932년 「아귀도餓鬼道」로 일본문단에 등단한 이후, 1945년까지 단행본을 30여 권 정도, 일본어 소설 70여 편을 썼다. 두 번의 '만주' 시찰을 바탕으로 『개간』을 집필했다.

　　이 소설은 다음의 3단계로 나눠져 있다. 장학량 군벌의 항일 정책에 의한 우리 거주 농민에 대한 부당한 처사와, 새로운 개척지에서의, 후일 만보산 사건으로 알려진 충돌 사건과, 만주 건국 후의 활기찬 건설의 모습을 그리고 있다.

　　금일今日 만주에서는 오족협화의五族協和의 열매를 맺고 있는데, 이 소설에서도 그 점은 그리고 있다고 생각한다.

　　　　　　　　　　　　　　　　　　　　　　　　　　　—『개간』 후기

　이 장편은 무엇을 말하고 싶어서 쓴 것일까. 그것이 잘 보이지 않는다. 세부 묘사는 비교적 잘 그려져 있지만, 결국 국책소설 이외의 그 무엇도 아니다.

장혁주를 옹호하는 연구자는 말한다.

하지만 장혁주는 격해지지 않고 담담하게, 게다가 항시 공평한 입장에 서 쓰려고 노력하려는 것처럼 보인다. 표면상 이 작품은 역시 '국책소설國策物' 안에 넣을 수밖에 없지만, 중립적 시점에 근거한 다면적 묘사나 구성력 등의 점에서는 상당한 수작秀作이라고 말 할 수 있다.

—『개간』 복각판 해설

그리고 악한 역 = 장혁주, 선한 역 = 김사량이라고 하는 일반적 평가를 뒤엎기 위해서 "하지만 '친일' 행위의 정도만으로 문학 작품과 작가의 존재 전체를 전면 부정하거나 전면 긍정하는 것은 지나치게 극단적이지 않은가(『개간』 복각판 해설)"라고 쓰고 있다. 확실히 친일 행위만으로 문학 작품을 평가하는 기준으로 삼는 것은 지나치게 극단적이다. 하지만 친일 행위를 했는가 하지 않았는가, 어떠한 형태로 했는가 하지 않았는가 하는 것은 하나의 중요한 요소인 것만은 확실하다.

장혁주는 장편『가토 기요마사加藤清正』(개조사改造社, 1939.4)를 쓰고, 장편『화전 어느 쪽도 불사하다和戰何れも辞せず』(대관당大観堂, 1942.3)에서 고니시 유키나가小西行長를 그리고 있다. 그 후에 제3부에서 조선 수군의 이순신을 그리고, 제4부에서는 명나라의 책사 심유경沈惟敬을 그릴 예정이었다고, 『화전 어느 쪽도 불사하다』 후기에 쓰고 있다. 그것이 '중립적'이고 '객관적'인 수법이라고 할 수 있겠는가.

장편 『부침浮き沈み』(가와데쇼보河出書房, 1943.11) 후기에서 장혁주는 "고니시 유키나가에게는 유키나가의 '마코토誠'가 있으며, (가토) 기요마사나 (이)순신에게는 각각의 '마코토'가 있으며, 심유경에게는 심유경의 '마코토'가 있다고 생각한다. 그러한 '마코토'를 쓰는 것이 이 장편의 안목"이라고 하고 있다.

앞의 해설자는 이 부분을 인용하며 "이 상대적인 사고는, 무릇 광신적fanatic인 사고의 대극에 있다"고 평가한다.

저자는 잘 모르겠다. 다만 알고 있는 것은 해설자가 해방 전 프롤레타리아 문학이나 북한 문학에 대해 현저하게 낮은 평가를 하고 있는 것이 이러한 문학적 신념에서 비롯된 것이라고 하는 점이다.

제7장

도카이 산시東海散士의 『가인지기우佳人之奇遇』와 양계초梁啓超의 번역

1. 아시아의 연대連帶

『가인지기우佳人之奇遇』는 도카이 산시東海散士, 본명本名 시바 시로 柴四郎가 쓴 정치소설이다. 그런데 본인이 쓴 원고와 간행본을 비교한 최근 연구 결과에 의하면, 이 작품은 그가 혼자 쓴 것이 아니라, 합작품이라는 설이 유력하다.[1]

그 외에 작중에 삽입한 한시 또한 다른 이가 쓴 것이라는 연구도[2] 야나기다 이즈미柳田泉시대 때부터 있었다. 그러나 도카이 산시

---

[1]   大沼敏男, 「『佳人之奇遇』成立考証序説」, 『文学』, 1983.9; 井田進也, 「東海散士『佳人之奇遇』合作の背景」, 『国文学—解釈と教材の研究』, 1999.10.
[2]   木下彪, 「『佳人之奇遇』の詩とその作者」, 『文学』, 1985.9.

가 주도적으로 관여했다는 사실에는 변함이 없으므로, 이 자리에서는 작자문제는 거론하지 않고, 도카이 산시가 쓴 것으로 해두기로 한다.

개략은 다음과 같다. 아이즈번会津藩의 유신遺臣 도카이 산시東海散士는 어느 날, 필라델피아費府의 독립관Independant Hall에 올라 감개 속에 빠져 있다가, 같은 망국亡国의 비분悲憤을 품고 있는 두 가인佳人과 만난다. 한 사람은 아일랜드생의 홍련紅蓮 여사, 또 한 사람은 스페인의 유란幽蘭 여사다. 며칠 후 산시는 강가에 유람을 갔다가 두 미인과 재회하는데, 이야기가 활기를 띠면서 서로 마음이 이끌리게 된다. 그리고 2권에서, 중국의 명대 말 유신遺臣인 정범경鼎范卿이 등장, 4명의 재자가인才子佳人이 소설 주인공이 되어, 세계각지에서 각각 살아가는 식으로 이야기는 전개되어간다. 스토리만 보면 재자가인소설 같지만 이 소설은 그렇지 않다. 홍련紅蓮은 아일랜드 독립운동투사, 유란幽蘭은 스페인의 전제왕정에 반기를 들었던 혁명가의 딸, 정범경鼎范卿은 청나라의 전제정치를 전복시키려 하는 중국의 지사志士, 그리고 도카이 산시, 이 4인의 남녀가 세계를 무대로, 대국의 식민주의에 반대하는 가운데, 굳게 결속을 하면서 살아간다. 뿐만 아니라 이집트의 반영 투쟁, 미국의 인종차별 투쟁, 폴란드 망국사, 헝가리의 대對오스트리아 저항사 등등에 대해 열변을 토하는데, 전편(구체적으로는 16권 중 10권까지)에 약자弱者들의 저항 이야기가 산재散在되어 있다.

오늘날 우리 신주神州에 3,700만, 만청滿淸 3억만, 조선 1천만, 인도 2억 5천만, 터키, 이집트 4천만의 생명이 있다. 그러나 머리를 드리우고 손이 묶여, 근근僅々 한외인外人의 경모輕侮를 받으며 태연해 하며 부끄러워하지도 아니하고 (…중략…) 미래에 동양열국東洋列國을 연형連衡하고, 인도를 도와 독립시키고, 이집트, 마다가스카르로 하여금 영불英仏의 간섭을 끊게 하고, 조선의 독립을 보호하고 청국淸国과 연합하여 멀리 러시아인을 피하고, 아시아주州 중에, 유럽인의 세력이 들어오지 못하도록 하고, 드높이 천하를 3분分하고 아구미亜欧米로 정립鼎立하여(9권)

여기에는 서구의 아시아 침략에 대항하려고 한 도카이 산시의 아시아에 대한 연대감이 넘치고 있다.

2. 도카이 산시의 생애

간단히 도카이 산시의 생애를 쫓아가 보자. 1852년 아이즈会津 생. 정치가, 소설가, 저널리스트. 1868년, 메이지 원년 9월, 관군의 아이즈성城 공격 시에 총을 들고 싸웠으나 패배, 모친과 여동생은 자진自盡, 형은 전사戰死. 산시散士는 포로가 되어 도쿄로 호송되어 구금되었다. 석방 후, 산시는 서생으로서 전전하다가, 1877년 서남西南전쟁에 종군하여, 전보戰報를 각종 신문에 보낸다. 그것이 인연이 되어 이와사키가岩崎家의 도움을 받아 미국유학길에 오르게 되어 미국대학에서 경제학을 공부한다. 첫 번째 유학은 1879년 1월부터 1885년 1월까지의 6년간. 귀국한 해 10월에 『가인지기우』제1권을 출판했다. 1886년 3월, 다니 간조谷干城 농상무대신農商務大臣의 비서관이 되어 유럽 시찰에 동행한다. 다음 해 귀국한 후, 다니谷의 사임과 더불어 산시도 사직하고, 각종 잡지, 신문 등에 관여하며 활약하다가, 1892년 제2회 총선거에서 당선된 후, 이후 10회에 걸쳐 당선된다. 1895년에는 민비시해閔妃弑害 사건에 관여한다. 1915년 오쿠마大隈 내각 외부참정관이 되고, 1922년 사망한다.

3. 도카이 산시와 조선

『가인지기우』는 대형 장편소설로서, 정치활동 중 짬을 내어, 장기간에 걸쳐 씌어졌다.

초편 1, 2권,1885년(메이지 18) 10월.

제2편, 3, 4권, 1886년 1월.

제3편, 5, 6권, 1887년 2월.

제4편, 7권, 1887년 12월. 8권, 1888년 3월.

제5편, 9, 10권, 1891년 12월.

제6편, 11, 12권, 1897년 7월.

제7편, 13, 14권, 1897년 9월.

제8편, 15, 16권, 1897년(메이지 30) 10월.

이 작품은 12년간에 걸쳐 씌어졌다. 그중에서도 4편과 5편 사이에는 3년이나 간격이 있으며, 5편과 6편 사이에는 6년간의 간격이 있다. 평자에 따라서는 5편까지를 전반부로, 6편 이하를 후반부로 부르기도 하는데, 일리가 있는 이야기다. 전반부는 4인의 주요 인물이 얼굴을 내미는데, 후반부가 되면 산시散士 1인 무대가 된다는 소설 형태상의 차이도 보인다.

그러나 그 이상의 변모는, 자유민권운동으로부터 국권주의로의 이행 부분이다. 이 소설이 가진 시구 민주주의 제도에의 공명, 진보적 사관, 인권론, 새로운 연애관이 후반부에 이르면 사라지고 만다. 사라지고 말 뿐만 아니라, 당시 정부의 시책을 소극적이라고 하는 미온적인 국권론자로 변하고 만다. "일찍이 드높은 정치이념을 내걸었으며 그랬기 때문에 더더욱 각각 독자적인 부하를 짊어지면서 서구열강의 식민지 정책에 대항할 수 있었던" 자가,[3] 후일에는 과거 대치하고 있었던 일본정부 이상으로 강행론자強行論者가 되어 버린다. 개화파 김옥균金玉均·박영효朴泳孝와의 관계역시도 그렇다. 2권을 보면 김옥균이 발문을 실었다. 짧은데다가 별 내용은 없으나, 그래도 산시散士가 일본체재 중의 김옥균과 교제를 맺고 있었다는

---

3   林原純生, 「『佳人之奇遇』の変貌」, 『日本文学』, 1990.11.

것을 알 수 있다. 김옥균 쪽이 한 살 위다.

2권의 시점에서는, 모순을 품고는 있었지만, 양자는 아시아의 연대라는 점에서는 공통점을 갖고 있었다. 10권에서는 양자 사이의 관계가 냉각되어 버린다. 10권 속에서, 1884년의 갑신정변으로 망명 중인 김옥균을 방문하여, 아시아 정세에 대해 이야기를 나누는 대목이 있다. 김옥균, 즉 작중의 고균古筠 거사는

패잔敗残 실의失意의 무리, 사업事業 침돈沈頓하매, 국가를 위해 죽지도 못하오. 생生을 도둑질하여 부끄러움을 안은 채 헛되게 인생을 보내고 류우流寓하며, 귀국貴国에 누를 끼치오.

라고 하며, 수치스러워 하자, 산시散士는 "성패는 하늘에 있을 뿐"이라 위로한다. 산시는 실은 아이즈会津의 망국민이다. 같은 입장이라고 하는 말이지만, 양자의 입장이 서로 일치하지 않는다는 느낌이 독자에게도 전해온다. 시바 시로柴四郎는 자택에 김옥균을 초대하여 머물게 하려고 했지만, 그는 그걸 거절했다는 실제 예도 있다.

1894년 김옥균은 상해에서 자객에 의해 쓰러진다. 유골을 수습해 달라고 박영효가 시바에게 부탁했으나, 시바는 거절한다. 1895년 시바는 국회의원으로서 한국으로 건너와 내무대신이 된 박영효를 만난다. 민비閔妃가 대원군을 제압하자 박영효는 재차 일본에 망명한다. 이보다 앞서 2차 이토 히로부미 내각의 전육군중장 미우라 고로三浦梧楼가 주한공사駐韓公使가 되자, 시바柴는 미우라의 고문으

로서 도한渡韓한다. 미우라가 민비를 학살했을 때 시바는 서울에 없었다고는 하나, 미우라의 고문이었다는 점에 변함은 없다. 일단 히로시마의 감옥에 구금되나, 증거 불충분으로 전원 불기소에 처해진다. 『가인지기우』에는 매권마다, 「발跋」, 「제시題詩」, 「서序」 등이 첨부되어있는데, 1권에는 다니 간조谷干城, 2권에서는 김옥균이 발문을, 그리고 8권에서는 미우라 고로가 서문을 썼다. 시바와의 인간관계가 어떠했는가를 알려주고 있다.

한편 『가인지기우』에서는 민비 사건에 대한 경위를 한 마디로 요약하고 있을 뿐이다.

그 후 얼마 안 가서 10월 8일 변變 생겼다. 산시散士 광릉廣陵 옥에 갇혔다.(16권)

더 나아가 이를 누명이라 하며 "민비가 이 밤에 조락殂落한 것을 어찌 예측할 수 있느냐"이라 하고는 "나의 적심赤心 피보다 붉고, 나의 절조節操 서리보다 희노"라고 결백을 단언한다. 그런 그가 조선을 위해서

전범典範을 정제하고 세계歲計를 정하며, 팔도八道에 일본 화폐를 통용시키고, 일조一朝에 천千년 여의 제도 풍속을 일변시켜, 이로써 황화皇化를 도모하려 한다.(16권)

하게 된다. 이 변모는 어디에서 오는 것인가? 『가인지기우』가 12년 간에 걸쳐 씌어졌으므로, 그 사이에 진행된 사회정세의 변화가 그 원인이 되었다고 설명하는 것도 가능할 것이다. 시바 시로柴四郎의 개인적 경력과 사상 신조의 변화가 그 원인이라고 설명하는 것도 가능할 것이다. 그러나 자유민권운동 자체가 갖고 있는 취약성脆弱性도 관련이 있는 것이 아닐까.

방금方今 동양이 거대히 활동해야 할 때를 맞이하여 우이牛耳를 잡고 아시아의 맹주가 되고, 동東 생민도현生民倒懸의 난難을 해결하고, 서西, 영불英仏의 발호跋扈를 제制하고, 남南, 청인清人의 누습陋習을 깨뜨리고, 북北, 러시아인의 기유覬覦를 근절하고, 유럽 제방諸邦이 동양을 멸시, 내치內治에 간섭하고서는 드디어 이를 내속內属으로 하려는 공략攻略을 물리치고, 그 억조창생億兆蒼生으로 하여금, 처음으로 자주독립의 진미真味를 맛보고, 문물전장文物典章의 광휘를 발하게 하는 자, 귀국이 아니고 이를 누가 감당하리오.(2권)

라고, 유란幽蘭으로 하여금 말하게 하고 있는 것을 보면, 자유민권운동의 종착점은 결국 대동아 공영권사상이 아니었는가 하는 비관적인 생각에 휩싸이게 된다. 적어도 도카이 산시東海散士의 자유민권사상속에는, 일찍부터 국권사상에로 경도傾倒되어가는 요소가 있었다고 할 수 있다.

4. 『청의보淸議報』와 『음빙실합집飮氷室合集』

양계초는 1898년 무술정변戊戌政變에 패한 후 일본으로 망명하는 배 안에서 산시의 『가인지기우』를 『가인기우佳人奇遇』라는 제목으로 번역했다고 한다.[4] 『음빙실합집飮氷室合集』의 편자는 말한다.

임공선생任公先生 무술戊戌에 출망出亡하여, 일본에 동도東渡하다. 선중船中에서 이를 번역하여 기분전환으로 삼다. 씨명 기록은 안 하다. 책도 오래되어 이미 절판. 근일 노점상에서 이를 득得하여, 문집에 보입補入하다.[5]

일세를 풍미한 양계초의 저작이 어째서 노점 같은 곳에 진열되어 있었던 것일까. 정치에 생명을 걸고 정치소설에 크게 기대했던 양이, 일본의 대표적인 정치소설을 번역하는 것이, 어째서 기분전환용인 것인가. 『합집合集』의 편자는 양을 신비한 존재로 만들어내려 했던 듯하다. 일본어를 몰랐던 양이, 망명 중인 배 안에서 번역했다는 점도 믿기 어렵다. 양 자신의 『삼십자술三十自述』 속에는

---

4 무술戊戌 8월, 선생은 위기를 벗어나 일본으로 향했다. 일본의 군함 안에서는, 홀홀 단신에 아무것도 지닌 것이 없었기 때문에, 함장이 기분전환용으로 『佳人之奇遇』라는 서책을 선생에게 건넸다. 선생은 읽고 난 직후부터 번역에 착수하여, 그 후 이를 『淸議報』에 게재했다. 선생의 번역은 다름 아닌 이 군함 안에서 시작된 것이다. 「任公先生大事記」, 丁文江・趙豊田 편, 島田虔次 역, 『梁啓超年譜長編』 제1권, 岩波書店, 2004.

5 본고에서 중국문을 인용한 부분은, 오무라가 한문을 일본어 어순으로 고쳐 읽어서 번역한 것이다. 이하 같음.

무술戊戌 9월 일본에 도착하여, 10월 요코하마橫浜 상계商界의 제諸 동지와 더불어, 청의보淸議報 발간을 계획하고 이로부터 일본 동경에 거주하기 1년, 자주 동문東文을 읽었는데, 이로 인해 사상이 일변하다.

라 기록되어 있다. 이쪽이 사실에 가까울 것이다.

말하자면,『가인지기우』의 역자가 양계초라는 것은 단정할 수 없지만, 그가 중대한 관심을 갖고 관여했다는 것은 분명한데, 여기에서는 일단 양계초 역이라고 해둔다.

양계초 역으로 알려져 있는 판본에는 두 종류가 있다.『음빙실합집』전집 제19책에 수록된 역문과,『청의보』창간호부터 35호까지, 9호·23호를 제외하고 매호 역재譯載된 두 종류가 그것이다.(그 외에 田興復臨室主人 역의 1898년 상해중국서국上海中国書局 간행의 번역이 있다고 한다.)[6]『청의보』에서는 산시散士 원문의 12권 도중까지 번역되어 있다.

『합집』에는 16권의 도중까지 번역되어 있다. 12권의 도중부터 16권 도중까지를 어디에 역재했는지가『합집』에는 명기明記되어 있지 않다.

번역된 범위는 다르지만, 두 역문은 기본적으로는 큰 차이가 없다. 약간의 이동異動이 있긴 하나, 무시해도 될 정도다.

---

6 許勢常安,「上海中国書局印行と淸議報訳載の『佳人之奇遇』を比較して」,『加賀博士退官記念中国文史哲学論集』, 1979.3

5. 양계초 역의 문제점

양계초 역은 상당히 원작에 충실해서, 당시 유행하고 있었던 번
안물과는 완전히 다르다. 원작자 이름도 명기했으며, "역자의 생각
에는"하는 식으로 역자가 직접 얼굴을 내미는 경우도 없다. 그렇지
만 완벽하게 충실한 것은 아니다. 양계초는 의도적으로 원문의 일
부를 삭제하기도 했고, 가끔은 약간 첨가를 하기도 했다. 그 원인은
산시散士의 아시아관, 특히 조선관과 양계초의 그것과의 상치相馳에
있다고 할 수 있다. 양에게 있어서 『가인기우』는 단순한 번역 이상
의 의미를 갖고 있었다. 단순한 번역이 아니었기 때문에, 그 만큼
원작과 번역상의 약간의 치이가 있다고 할 수 있다. 일본이 원문과
『합집』의 중국어 역을 비교 대조해 보자.

① 원문 중의 화가和歌는 전부 번역하지 않았다. 번역의 어려움이 원인
  일 것이다.
② 원문 중의 한시는, 어떤 부분에서는, 가에리점返り点・오쿠리가나送
  り仮名를 삭제해서 그대로 역문 속에 옮기고 있으나, 어떤 부분에서
  는 생략하고 있다. 역문 속에 넣는가 여부를 결정하는 기준은, 일
  본제 한시가 중국인의 눈으로 보아 형식, 음률, 의의식 등에서 이
  질적인 것으로 보였는가 어떤가의 여부로 판단되었을 것이다.
③ 원문의 초판본・재판본에서는, 각권에 꼭 붙어 있었던 「서序」나 「발跋」,

그리고 페이지의 상단 난외欄外에 붙어 있었던 평어評語가, 양의 역에서는 전부 생략되어 있다.

④ 1권, 2권, 10권 중 상당 부분이 의도적으로 생략되어 있다.

가장 큰 문제는 ④이다. 『합집』에서는 1권의 정범경鼎范卿의 긴 대사 부분이 빠져 있다. 따라서 네 명의 주요인물 중의 하나인 정鼎이, 별 볼일 없는 단역端役 차원으로 떨어져 있다. 그 이유는 양梁의 정치적 주장과 정鼎의 작중 주장 및 행위가 일치하지 않기 때문일 것이다.

정鼎의 선조는 명明의 명신名臣으로, 명 말明末에 청병淸兵과 싸우다 죽는다. "명조明朝를 회복하고 창생蒼生의 도탄을 구원하며, 간신奸臣을 주륙誅戮하고 병폐를 개혁하려"는 정鼎에 비해, 양梁은 종족 혁명을 부정하고, 만한滿漢 양 종족의 협조를 주장하며, 청조淸朝 자체는 옹호하면서 개명군주開明君主 밑에서 위로부터의 근대화를 꾀하고 있었기 때문에, 정鼎의 존재는 거부감의 대상이 되지 않을 수 없었다.

10권에서는 갑신정변에 대해 말하고 있는데, 16권에서는 1894년 갑오농민전쟁을 다루고 있다. 10권의 초판은 1891년, 16권의 초판은 1897년이니까, 그 사이에 6년의 차이가 있다. 이 시기는 일본이 청일전쟁을 경유하여 러일전쟁에로 향하는 제국주의 확립기에 있었을 뿐 아니라, 시바 시로 개인에 있어서도, 일찍이 서구 제국주의의 식민지침략에 저항하는 아시아제국의 연대를, 정열적으로 주장하고 있었던 것이, 국권론国権論을 축으로 한 아시아침략의 이데올로기에로 경사되어 가고 마는 시기이기도 하다. 10권에서는 이미 『가인지기우』가 갖고 있었던, 역사를 헤쳐가는 힘은 완전히 소멸되어 있다고 할 수 있다. "우리 선조가 삼한三韓에 세워둔 위무威武를 더럽혀서는 아니 된다"(10권)라는 대목에 이르면, 아시아 약소국의 연대감과는 아무 연관성도 없어지게 된다.

11권부터 15권까지는 중국, 조선경영론 같은 건 없어서 아직 괜찮지만, 16권이 되면, 『합집』은 삭제에 삭제를 거듭하다가, 결국 붓을 던지고는, 자진해서 짧은 일문一文을 써넣은 것이었다.

16권에서 양이 삭제한 부분은, 원문 속의 청淸에 대한 비우호적 부분 및 일본이 청을 물리치고 조선에 대한 권익을 주장하는 부분이다. 당시의 중국 위정자는 조선을 속국시屬國視하는 것이 보통이었는데, 양계초도 그 권역을 벗어나 있지 않다. 그러나 역사는 도카이 산시도 양계초도 진실을 포착하지 못하고, 당시의 조선인, 특히 "척왜척양斥倭斥洋", "축멸왜이逐滅倭夷", "진멸권귀盡滅權貴", 즉 침략적 외국 세력의 타도, 봉건적 특권층의 타도를 기치로 결집한 조선농민들만이 세계를 꿰뚫어보는 눈을 갖고 있었다는 사실을 증명했다.

양계초가 16권에서 의역을 하고 있는 부분을 좀더 자세하게 보도록 하자. 청淸이 천진조약天津条約을 무시하고 대한對韓 침략을 진행하고 있다고 비난하는 부분과, 김옥균 암살 경위의 부분. 원세개袁世凱의 책략 때문에 민영준閔泳駿의 요청에 응하는 형태로 청군淸軍이 조선에 출동하고, 거류민 보호라는 명목으로 서울에 들어온 일본군과 대치하는 부분. 전봉준全琫準 등 조선농민군과 일본군과의 전투 부분. 이것들이 16권의 3분의 1을 차지한다. 양계초는 이것을 만신창이

식으로 번역해 왔는데, 전봉준의 사후 부분은 생략하고 만다. 번역을 멈춘 그 뒷내용의 3분의 2는, "계림鷄林 1세歲 4회回, 미력微力을, 왕사王師의 정청征淸과 조선의 독립에 쏟으려고 한다"는 도카이 산시가, 과거부터 해온 주장인 "청국 응징淸国膺懲, 조선 부식扶植"을 제창하고 "청한淸韓의 무례에 분격하고, 우리 외교의 연약軟弱이 이 지경에 이르렀음을 개"탄하는 데로부터 시작한다. 양계초는 차마 번역할 수가 없어, 방기한 것일 것이다. 도카이 산시의 주장은 양계초로서는 받아들이기 어려웠던 것이었다. 번역을 중단함에 이르러 코멘트를 붙였다. 이 코멘트는 조선에의 청군淸軍 파병派兵의 정당성에 대해 말하고, 도카이 산시의 조선경륜론經綸論과 정면으로 대립되는 것이었다. 그러나 조선을 자국의 속국 시 하려 하는 점에서는, 양자는 완전히 공통되어 있었던 것이다.

조선은 원래 중국의 속토屬土다. 대국의 의儀, 속지屬地에 화란禍乱이 일어남은 원래 정난靖乱의 책임이 있다. 당시 조선은 내우외환에 휩싸여, 중국에 구원을 청하는 서書를 쓴다. 대의大義 있는바, 이에 따라 파병을 하여 구원에 부赴한다. 그러나 일본은 바로 유신을 맞이하여, 기염이 실로 왕성하고, 은밀히 동양에서 기회를 엿보고, 적게는 그 계기를 만들어 보려 하여 그 청정淸廷을 기만하고, 조선이 자신들을 불러들일 때를 엿보다가, 마침내 그 구실을 만들어 조선을 부식扶植하고, 이로써 청정淸廷의 틈을 노리려 한다. 청정淸廷은 이를 파악치 못하고, 금일의 일본이 과거의 일본과 같다고 생각하고, 이로써 이를 징창懲創하고, (일본의) 동양에 있어서의 광횡도량狂橫跳梁의 다사多事를 피하려 하다. 말할 필요도 없다. 모든 것이 스스로 부패해서 그 중에서 벌레가 생기는 것, 나라가 스스로 부패해서 남이 모욕하는 것이다. (청조) 가무태평산백재歌舞太平三百載, 장수는 병兵을 모르고, 선비는 명命을 사용치 아니하고, 부패로서 망하다. 나아가 세상에 통용되지 않는 노대병부국老大病夫国과, 저 흥성만력[×性盡力]한데다가 문명사상文明思想의 신출생新出生 일본과, 힘과 지智로 싸우니, 대세는 당연히 확실해 진다.

양은 메이지시대 이래 급상승해온 일본의 힘을 알고 있었으며, 청조淸朝가 "세상에 통용되지 않는 노대병부老大病夫"라는 것을 자각할 수 있었지만, 특히 조선에 관해서는 위정자와 다름없이, 속국의식을 계속 지니고 있었던 것이다.

6. 맺으며

『가인지기우』는 근대 일본이 낳은 걸작의 하나다. 단순히 문학사에 그 이름을 남기고 있는 것만이 아니라, 힘찬 문체와 더불어, 지금 읽어도 독자의 피를 끓게 한다. 아스카이 마사미치飛鳥井雅道가 "정치소설은 '전근대'가 아니며, 문학사의 방류傍流도 아니다. 정치소설이야말로 일본 근대문학의 출발점이며, 근대문학사 속에서도 가장 빛나는 달성이었다"고 하는 것은 수긍이 가능하다. 그러나 정치소설의 대표작 『가인지기우』를 찬탄贊嘆하는 나머지, 그것이 지닌 약점을 "속편은 점차로 우선회右旋回를 달성해 가는" 정도로밖에 보고 있지 않은 것은, 일면적인 견해이다. 도카이 산시가 "우선회右旋回해 가는" 데에는 조선문제가 시금석이 되어 있었다.

조선 인식이 틀렸기 때문에 "우선회右旋回"하고 말았던 것이다. 자유민권운동 좌파 지도자인 오이 겐타로大井憲太郎와 1885년 오사카 사건大阪事件을 예로 들 필요도 없이, 자유민권운동이 후퇴해 가면, 조선문제에 봉착한다. 자유민권운동이 국권주의에로 변모해 가는 과정의 전용全容을 밝히는 것은 금후의 문학적 과제이다.

양계초梁啓超는 『가인지기우』를 번역했다. 번역은 그의 조선론인 1903년 『일본지조선日本之朝鮮』, 1904년 『조선망국사략朝鮮亡国史略』, 1910년 『조선멸망지원인朝鮮滅亡之原因』, 1910년 『일본병합조선기-부조선대어아국관계지변천日本併呑朝鮮記-附朝鮮対於我国関係之変遷』과 나란히 주요한 의미를 갖고 있다. 『음빙실합집飲冰室合集』에 『가인기우佳人奇遇』를 수록하면서, "지금 특히 일본 정치소설 『가인기우』를 뽑아 이를 번역한다. 애국지사, 일독을 구한다"고 되어 있는 바와 같이, 애국의 정에서 발發한 역업訳業이었다. 그리고 도카이 산시의 『가인지기우』의 내용이, 중국 애국의 정과 모순되었기 때문에 더욱, 중도에서 번역을 그만둘 수밖에 없었던 것이다.

조선에서도, 야노류케矢野龍渓의 『경국미담経国美談』(1983~84)을 번역한 현공렴玄公廉의 『경국미담』(1908)이 있고, 그 이전에도 역자 미상의 『경국미담』(1904)이 있다. 현공렴玄公廉가 한 『가인기우佳人奇遇』

번역도 있다고 하는데, 어떻게 번역이 되었는지 흥미가 간다. 아마도 전역全訳은 아닐 것이다.

번역 하나를 문제 삼는다 해도, 조선·중국·일본, 이 삼국의 사회 상황과의 관련 속에서 문제를 파악해나가야 할 필요가 있을 것이다.

부기 : 『가인지기우』의 원문은, 한자 가타가나 혼용문으로 씌어져 있는 데, 구독점句読点도 탁점濁点 표기도 없어서 읽기 어렵다. 본고에서 인용 시에는, 한자 히라가나문으로 고쳐서 구독점을 붙였다. 인 쇄 사정상 한자는 당용當用 한자체로 했는데, 오쿠리가나送りがな 는 원문 그대로이다.

제8장

안수길의 『북향보北鄕譜』의 의미

1.

안수길1911~77의 장편소설 『북향보北鄕譜』는 1944년 12월 1일부터 1945년 4월까지 『만선일보滿鮮日報』에 139회에 걸쳐 연재되었다. 이 작품은 안수길 사망 10년 후인 1987년 4월, 서울 문학출판공사에서 처음으로 단행본으로 출판되었다. 이 책은 『만선일보』 스크랩을 기본으로 해서 작자 안수길이 삭제·가필·정정한 것이다.

이번 보고는 해방 전의 『만선일보』 스크랩과 해방 후 가필·출판된 단행본의 비교를 통해, 그 당시 '만주' 땅의 있어서의 조선인 문학의 의미를 살펴보려고 한다.

잘 알려져 있는 바와 같이, 안수길의 대표작은 대하소설 『북간도』다. 1932년부터 1945년 6월까지 13년간의 간도체험이 그의 문학활동의 특성을 형성하는 데 어떤 영향을 미쳤는가, 그의 간도 인식은 해방 전과 해방 후 일관되어 있었는가, 변화가 있는가, 안수길의 문학활동 중에서, 1944년 4월 중국 용정에서 낸 창작집『북원』과 1944년 12월부터 신문에 발표된『북향보』는 어떤 위치를 차지하고 있는가, 이러한 문제의식들을 중심으로 해서『북향보』에 대해 논해 보고자 한다.

2.

'만주'시기의 안수길에 관한 논고는 많다. 그중 대표적인 논고로 생각되는 김윤식 교수와 오양호 교수의 견해를 보기로 한다.

> 『북원』이나『북향보』가 서 있는 세계관은 '만주국 조선계'라는 매우 한정된 세계관 위에 서 있는 것인 만큼 그것이 아무리 대단한 것일지라도 한국민족문학의 범주에 똑바로 들어올 수 있는 것은 못된다. 만주국 이념에 속하는 세계에 지나지 못한 탓이다.
> ─김윤식,『안수길 연구』, 정음사, 1986, 278쪽

김윤식 교수는『북간도』는 한국민족운동사의 주류 속에 있는 것

으로 보지만, 『북원』이나 『북향보』는 만주계 조선인 문학이라고 파악하고 있다.

한편 오양호 교수는

일제강점기에 있어서의 만주와 간도는 독립운동의 집결지로서 독립군이 아닌 이민(移民)의 힘까지 항일구국운동으로 전이시킬 수 있었던 제2의 한국영토였다.

— 오양호, 「『북향보』 해설」, 『북향보』, 문학출판공사, 1987.4, 326쪽

이러한 인식 밑에 다음과 같이 말하고 있다.

지리적으로 반역사적 상황에서 벗어날 수 있었던 위치에 있었기에 민족의식을 망각하지 않을 수 있었고, 문학 또한 그러한 민족체험을 형상화할 수 있었다.

—「『북향보』 해설」, 326쪽

오양호 교수는 두 권의 저서를 비롯하여 '만주' 문학에 관해 큰 업적을 남긴 분이지만, 이 견해만은 동의하기가 어렵다. 왜냐하면, 『북향보』는 안수길의 다른 작품과 마찬가지로 '만주' 땅의 조선인들의 개척·고투의 역사를 그리고 있긴 하지만, 한편으로는 '만주국'의 존재를 긍정하고, 일본의 지배를 부정하지 않는 경향을 갖고 있기 때문이다.

3.

문학출판공사 판 『북향보』 권말에 해설을 쓴 오양호 교수는 "필자가 가지고 있는 개작 『북향보』는 200자 원고지로 1,146매로 정리되어 있고, 스크랩에서 빠졌던 부분이 모두 채워져 있다"고 말하고 있다.

개작은 안수길 본인이 한 것임에 틀림없다. 안수길 스스로가 스크랩에 손을 댄 것을 200자 원고용지에 정리했다면 1146매가 되었다는 의미일 것이다. 이 점은 이해할 수 있다. 그러나 잘 이해되지 않는 부분이 있다. 스크랩에서 빠졌던 부분이 채워져 있다고 했는데, 문학출판공사 판을 보면, 스크랩에서 빠졌던 부분이 역시 그대로 빠져 있기 때문이다.

스크랩에서 빠져 있는 부분은, 9장 「병익이란 사람」의 제5회, 16장 「재출발」의 제5회, 18장 「조선의 종달새」의 제5·6·7회, 19장 「딸의 도리」의 제1·2회이다. 이 몇 부분이 빠져 있는 것이, 단순한 스크랩상의 실수인지, 의도적으로 스크랩에서 뺀 것인지는 연재 당시의 『만선일보』가 발견되어 있지 않은 오늘에는 확인할 길이 없다.

문학출판공사판은 기본적으로 안수길이 가필한 내용을 따르고 있는데, 일본어 회화를 한글로 표기한 부분 등은 일부 생략되어 있다. 이와 관련하여 스크랩에 가필되어 있는 내용을 유형별로 제시하면 대략 다음과 같다.

① 장章 구성상의 차이

② 단순한 오식이나 인쇄상의 실수 부분의 정정

③ 보다 더 적절한 어구로 수정한 것

④ 내용과 관련된 삭제 부분이 비교적 많은 편임

①·②는 큰 문제가 아니다. ③은 주로 수사적인 문제로서 꽤 많은 편이다. 예를 들면 이 장편 소설의 마지막 부분은 이렇게 되어 있다. 스크랩에서는 "현관문을 요란스럽게 닫고 거리로 살아졌다"로 되어 있는데, 안수길은 이를 "현관문을 요란스럽게 닫고 어둠 속으로 사라졌다"라고 고쳤다. 확실히 고친 쪽의 끝맺음이 더 낫다. 이러한 종류의 가필은 상당히 많다.

가장 큰 문제는 ④의 문제다. 이 삭제는 「모내기」의 제4·5회에 집중되어 있는데, 원작자에 의해 펜으로 새카맣게 지워져 있다. 판독불능 부분도 있긴 하나, 지워진 부분 가운데 일부는 간신히 읽을 수가 있다. 문학출판공사판은, 원작자가 지운 부분이 지워진 상태 그대로 인쇄되어 있다.

(이곳에서 버티고 버틴 그 힘이) 만주 건국을 촉진식힌 원동력도 되엿다고 볼 수 있는 것이니 건국에 당하여 조선농민은 또한 숨은 공로자라고 할 수 잇는 것이 아니겟는가. 그러나 (그들은 한 번도 제공로를 주장한 일이 업섯고) 건국 후에도 (예나 이제나 다름업시 수전을 풀고 벼를 심는 일을 천직天職으로 역이고)

— 14장 「모내기」 제4회

괄호 이외의 부분이 작자에 의해 삭제되어 있다. 문학출판공사판은 ( )에서 ( )로, 즉 "이곳에서 버틴 그 힘이 그들은 한번도"라는 식으로 이어지고 있다.

「모내기」 제5회의 경우에는 삭제·소거 부분이 더 많다. 소거되었던 부분 중, 간신히 판독해낼 수 있었던 부분을 복원하면 다음과 같다.

> 벼가 자식이요 모포기가 애기다 (…중략…) 전쟁을 이기기 위하여 ×××××××(7자 판독불능) 하는 사람들에게 식량을 대이는 일은 그대로제자식을 전쟁터에 보내는 일과 마찬가지가 아닐까 요지음 특별지원병제도特別志願兵制度가 실시되어 일부의 조선청년들이 나라를 위하여군문에 나아가고 벌서 빗나는 무훈을 세운 청년도 잇지만혼 아직 전면적으로 징병제가 실시되지 아니한 이때에 잇서 농민들이 나라에 이바지하고 전쟁터에 보낼 수 잇는 자식은 말 못하는 벼 바로 이 벼가 아닌가?
> 찬구는 이러케 생각함으로서 학도와 농민도는 벼포기를 자식으로 역이는 마음이라는 뜻을 더욱 명백히 이해할 수 잇섯다
> 이러케 생각하고 보니 한포기 한포기를 상할새라 정성스럽게 꼬저 나가고 꼬저 나가는데 기쁨을 느끼고 정성을 다하는 농민들의 마음자리는 그대로 너이들의 맘가타서 전쟁터에 나아가 적을 물리치는데 훌륭한 공을 이루어지이다― 비는 마음이 되는 것이라 느껴것다
>
> ―「모내기」 제5회 머리 부분

오양호 교수도 이러한 개작 상황을 충분히 알고 있었던 듯, 문학출판공사판 해설에서 이렇게 말하고 있다.

그런데 여기서 우리의 관심을 끄는 것은 스크랩에서 지워졌거나 개작된 부분은 거의 당시 일제의 통치 상황과 관련된 것이고, 개작된 부분은 그런 시대 긍정적인 것이 민족문학적인 문맥으로 처리되고 있다는 점이다.(322쪽)

무슨 사정이 있었는지는 모르나, 오양호 교수는 안수길이 해방 후한국에서 행했던 개작의 선線을 그대로 따랐던 것으로 판단된다. 즉 안수길의 의지와 판단을 존중하여, 『북향보』의 삭제된 부분을 삭제된 상태 그대로 한국 사회에 내보냈던 것이 아닌가 생각된다. 그 결과 "신개지新開地의 기수旗手들"을 묘사했다는 『북향보』는 '만주' 이주민의 긍정적 부분만이 표면에 나타나게 되어, 면종복배面從腹背를 강요받았던 당시 개척민의 고뇌를 읽어내기 어렵게 되어 있는 것이다.

4.

『북향보』가 연재되고 있었던 1944년 12월부터 1945년 4월이라면, 일제의 '만주' 지배가 붕괴되기 직전으로서, 탄압이 가장 혹심했던 시기였다. 마음속에 있는 모든 것을 그대로 표현할 수 있는 자유를 문인들은 갖고 있지 못했다. 『북향보』 역시도 안수길의 생각이 100퍼센트 그대로 공표되었다고는 도저히 생각할 수 없다. 그 점을 고려해야 할 것이다.

과거過去 우리는 정치政治와 경제적 침략経済的侵略과 아울러 미영米英의 문화적 침략文化的侵略을 바닷다. 우리의 교양教養은 다분多分히 미영적米英的인 온상温床에서 배양培養된 것이 사실事実이다. 이제 동아東亜에는 동아인東亜人의 손으로 동아東亜인의 동아東亜를 건설建設하려는 성전聖戦에 잇서 우리 문필인文筆人은 미영米英의 문화적 침략文化的侵略을 물리치고 동양東洋의 문화文化를 ××히(2자 판독 불능) 확립確立하는데 우리의 붓이 총銃칼이 되지 안허서는 안 되겠다.

　　　　　　　　　— 「대동아전쟁大東亜戦争과 문필가文筆家의 각오覚悟」,

　　　　　　　　　　　　　　　　『만선일보満鮮日報』, 1942.2.2

안수길의 결의 표명 비슷한 위의 소평론도 강제로 씌어진 것이지, 안수길의 본심을 드러낸 것이라고는 하기 어렵다. 비슷한 시기에 10명 정도의 재'만' 조선인 문인들이 모두 「대동아전쟁大東亜戦争과 문필가文筆家의 각오覚悟」라는 제목의 글을 쓰도록 강요받았던 것이다. 그중의 한 명인 김창걸은 이것이 부끄러워서 붓을 꺾었다고 해방 후에 회상한 바 있기도 하다.

그러나, 안수길은 1945년 이전이라는 시기에, 후에 『북간도北間

島』에서 표현한 바와 같은 한국민족주의 문학의 입장에 서 있었던 것일까. 서 있을 수 있었던 것일까.

'만주'에서 살았던 조선인은, 법적으로는 조선국적을 가지지 못한 채, 만주국적과 일본국적 두 가지를 갖고 있었다. 일제의 직접적 지배를 벗어나, 압록강, 두만강을 넘은 조선인은 낯선 '만주' 땅에서 활로를 찾아 필사적인 고투를 계속했다. 그 고투의 역사를 묘사하는 것이, 인수길이 스스로에게 부과한 임무였다. 그 점에 있어서는, 해방 전도 해방 후도 일관되어 있었다고 할 수 있다.

그러나 '만주국'이 형식적으로 존재하고 있었던 1945년 8월 이전, 안수길은 '만주국'을 부정한 것이 아니다. 오히려 '만주' 건국에 조선인이 커다란 공적이 있다고 하면서, '만주' 내에서의 조선인의 지위와 생활을 향상시키려고 필사적으로 노력했다. 이를 위해서는 '만주국'의 실질적인 지배자인 일본과의 협조도 불사했다. 따라서 『북향보』를 포함한, 1945년 이전의 그의 작품에는, 반일의식과 저항의식은 드러나 있지 않은 것이다. 그것은 개인적인 보신책에서 나온 것이 아니라, '만주'국 내 조선인들의 생활향상을 진실하게 원한 데에서 나온 것이라고 보는 것이 옳겠다. 그 정열이 단순한 것이 아니었다는 것은, 『북향보』는 물론 그에 앞서 나온 다른 단편들을 보아도 알 수 있다.

5.

염상섭이 「재만 조선인在滿朝鮮人의 최초最初의 수확收穫」으로 본 『싹트는 대지大地』에, 안수길은 그의 제1작인 「새벽」을 실었다. 이 단편은 두만강 연안의 농장에서 살아가는 한 집안의 불행을 소년의 눈을 통해 그리고 있다. 빈궁 때문에 아버지는 소금 밀수를 해야 할 처지가 되는데, 그것이 적발되어 거액의 벌금을 물게 된다. 박지민 이 벌금을 대신 물어주고 은인처럼 행동하는데, 이것은 박지민이 이 사실을 몰래 집사대緝私隊에 밀고하여 적발케 하고는, 벌금을 대신 물 어준 대가로 소년의 누나를 자기 것으로 삼으려는 연극이었다. 소년 의 아버지의 고뇌를 중심으로 중국인 지주 밑에서 학대당하는 조선 인의 생활을 리얼하게 묘사하고 있다.

안수길의 제2작인 단편 「목축기牧畜記」는 『북향보』의 원형이라고 할 수 있는 면을 갖고 있다. 교원생활을 하다가 양돈업으로 직업을 바꾼 찬호가, 자급자족을 하는 일종의 이상촌을 건설하려고 분투하 는 이야기이다.

지금은 암흑시대가 아니다. 만주에는 아침이 왔다. 백오십만동포의 팔 八할을 점령한 농촌은 배운자를 목마르게 기다린다. 농촌으루 갈지어다. 제군이여.

이렇게 지식청년에게 호소하는 주인공 찬호의 모습은 『북향보』의 주인공 오찬구에게 그대로 이어지고 있다.

제3작 「원각촌圓覺村」은 '만주선계작가선滿洲鮮系作家選'이라는 부제가 붙은 채로, 서울 발행 『국민문학國民文学』1942년 2월호에 발표되었다. 간도의 조선인 선구개척민들이 갖가지 곤란 속에서 이상향 건설에 매진하는 모습을 그리고 있다. 원각교圓覺教는 불교의 일파로서, 원각圓覺의 이상향을 건설하려고 본토에서 간도로 찾아온 이들을 중심으로 40호 정도의 개척민이 모인 것이 원각촌. 그들이 중국 정부와 중국인 지주, 그 대리인에 의한 갖가지 압박 가운데에서 필사적으로 살아가는 모습을 묘사하고 있다.

『북향보』는 북향목장을 경영하는 정학도鄭学道와 그 문하생인 오찬구吳贊求가 중심인물이다. 목축과 학교 교육과 농민도장을 겸한 북향촌을, 갖가지 곤란을 극복하면서 어떻게 유지·발전시켜 가는가가 이 장편의 기본이다.

『북향보』는 그 나름으로 감동적인 이야기이다. 그러나 당시의 '만주국' 정세라는 면에서 보면, 역시 신경 쓰이는 점이 몇 군데 정도 있다. 제8장 「유혹」을 보기로 한다. 오찬구는, 성내省内의 목축장려와 그 진흥 일을 담당하고 있는 일본인 관리 사토미里見와 친구 사이다. 어느 날 찬구는 사토미를 찾아가 자유롭게 이야기를 나누는데, 금후의 농업은 인력에만 기댈 것이 아니라 목축을 겸한 농업, 즉 유축농업有畜農業이 되어야 한다는 의견상의 일치를 본다.

제4장 「먼 길로 가는 동행」에서는, 찬구의 스승으로서, 북향목장

의 지주였던 정학도가, 학동들에게 자주 훈화를 하는 장면이 나온다. 정학도는 이렇게 말한다.

만주를 사랑하라 (…중략…) 만주의 우리 고향을 아름답게 만들라.

이것이 바로 '북향정신'이었다. 또한 북향촌 학교의 수석교원 최대봉은, 월급이 넉 달이나 밀리는 등 생활난 때문에 목장을 떠나는데, 그는 '협화회協和会 청구분회青丘分会'라는 새 직장을 얻게 된다. 북향농장 개척민들의 심정은 "정들이면 다 고향이지요", "이제는 조선에 나가 살라면 못 살 것 같은데유" 같은 심경고백 속에 잘 나타나 있다. 아내의 무덤을 만들고 나서는 '만주'를 떠나고 싶은 마음이 없어진 사내(강서방)도 있다. 주인공 오찬구는 '만주' 태생으로, '만주'가 고향으로 설정되어 있기도 하다.

제12장 「새 구상」에서도 주인공 찬구는 북향촌의 존재를, 경찰에게 "부동성이 많은 조선농민으로 하여금 한 농촌에 정착케 하여 농업 만주에 기여케 함은 건국정신에 즉한 것이요"라고 북향촌의 합리성과 정체성을 주장한다.

6.

이상으로『북향보』의 줄거리에 따라 '목장, 학교, 농민도장의 삼 위일체화'라는 북향촌의 목표 내지 조선인 개척민의 이상과, '만주 국' 건설 및 발전방향과의 관계라는 관점에서 몇 가지 사례를 검토 해 보았다.

이러한 논의는 해방 전의 안수길을 친일파로 비난하기 위해서가 아니다. 앞에도 말한 바와 같이, 일제 말기의 가장 혹독했던 시대에 세인의 주목을 받기 쉬운 신문에 연재된『북향보』는 표현상의 제약 을 여러 측면에서 받고 있었을 것이다. 그러나 그것을 감안한다 하 더라도, 이 작품이 지향한 방향이 '만주국' 내 조선인의 생활인정과 향상에 있었음에는 틀림없으나, '만주국'을 근저로부터 부정하는 것 이 아니었다는 것은 확실하다고 할 수 있을 것이다. 오히려 일단 '만 주국'을 긍정하고 그 건국에 기여하고 있다는 것을 조선인사회 및 일본과 '만주'에 인지시켜, 자신들의 사회를 발전시켜 가려는 것이 목표였던 것으로 생각된다.

이것은 안수길 개인의 성향이었다기보다는, 안수길을 포함한 당 시 재'만' 조선인 지식인 대다수의 발상이 아니었을까 생각된다. 염 상섭도 안수길의 최초의 단편집『북원』(1944.4.15, 간도 발행)에 서문 을 보낸 바 있는데 그 속에서 다음과 같이 말하고 있다.

『북향北原』은 『싹트는 대지大地』 이후以後 이년二年만에 만주예문단滿洲芸文壇에 보내는 개인작품집個人作品集으로서 선편先鞭이다. (…중략…) 『북향北原』의 수확收穫이 풍작豊作임을 자랑하야 부끄럽지 않을 것이다.

이렇게 높은 평가를 계속한 뒤, '만주' 조선인의 문학활동에 대해 이렇게 말하고 있다.

　진실眞實로 협화정신協和精神을 실천實踐하고 모든 기회機會에 우리도 만주국滿洲國의 문화건설文化建設에 참획參劃하고 공헌貢獻코저 할진대, 일만계日滿系의 그것에 연계連繫와 협조協助를 일층 긴밀一層緊密히 하고, 선진先進의 계발啓發과 편달鞭撻을 힘입을 하등何等의 방도方途가 있었어야 할 것인데, 만주국滿洲國에 예문단체藝文團體가 탄생誕生된지 임의 삼사성상三四星霜을 열開하얐을터이로되, 조선인 작가朝鮮人作家의 작품作品이 그 권외圈外에 유리遊離되어있는 현상現狀은 그 이유理由와 원인原因이 나변那邊에 있든지 간에 기형적 사태畸形的事態가 아니라할 수 없다. 지방적地方的이요 민족적民族的임이 근본적根本的으로 틀린 것은 없으나, 언제까지 그 경역境域에서 준순逡巡하고 있어서는 아니 될 것이라는 말이다.

그러면 "만주국滿洲國의 문화건설文化建設"과 관련하여, 지방적이지 않으며 전체로부터도 유리되어 있지 않은 지위를 조선인문화가 획득하기 위해서는 어떻게 하면 되는 것인가. 염상섭은 같은 서문 속에서 두 개의 구체안을 제시하고 있다.

연전年前에 만선일보간滿鮮日報刊으로 출판出版된 재만 조선인 작품집在滿朝鮮人作品集 「싹트는 대지大地」로 말할지라도, 필시必是 예문운동선藝文運動線에 낱아나, 그 중수삼편中數三篇쯤은 일만문日滿文으로 번역소개飜譯紹介될 줄로 기대期待하였든 바인데, 우금于今 그러한 소식消息을 듣지 못함은 유감遺憾이거니와, 조선인 작품朝鮮文作品이라고 예문운동藝文運動에 참가參加할 방도方途가 없는 것이 아님은 번설煩說할 것도 없는 것이다.

말하자면, 일본어나 중국어로의 번역을 통해 '만주' 중앙에서의 문예운동에 참가하자는 것이다.

또 하나의 방도는 '재만 조선인'의 문화활동의 중심을 간도(현재의 연변과 그 지역이 거의 겹친다)에서 신경新京('만주국' 수도, 현재의 장춘長春)으로 옮기자는 것이다.

만주滿洲에서 우리의 문화활동文化活動의 중심中心을 찾자면 아즉 신경新京에서라기보다는 간도間島에 있지 않은가 한다. 이것은 재만 조선인在滿朝鮮人의 과반수過半數가 여기에 근거根據를 가지고 있다는 지리적 사실地理的事實로 보아 필연必然한 일이다. 그러나 문화활동 중文化活動中에서도 더욱히 그 주요主要한 일면一面을 차지하는 문예운동文藝運動이 중앙中央에서 멀리 떠러져 지방적 존재地方的存在로 동만일우東滿一隅에 주저躊躇하야 있거나, 각지各地에 산재散在한대로 방임放任되어 있다는 것은, 결決코 반가운 현상現象도 아니요, 간도間島에 재주在住하는 문화인文化人으로서도 자랑은 못되는 일이다.

7.

당시의 재'만' 조선인들은 신개척지에 정착해서 살기 위해서는, '만주'의 관권官權과 '협화協和'하고, '오족협화'·'왕도낙토' 정책을 따르고, 혹은 그것을 역이용해서 조선인의 개척사업과 생활향상을 도모하려 했다. 숭고한 개척자정신으로 충만해 있었다고는 하나, 그것이 해방 후 한국의 민족주의문학으로 직결될 수 있는 것은 아니었다. '협화'를 도모하려 한 대상인 일제의 궤멸과 더불어, 안수길은 궤도수정을 하지 않을 수 없게 되었던 것이다. 그가 그렇게 개척과 정착 사업에 몸을 던졌으면서도, 1945년 일제의 와해를 목전에 두고 한반도로 귀국한 것은, 이 궤도 수정의 일환이었다고 할 수 있을 것이다.

안수길과 염상섭의 만주시대의 문학활동은, 해방 후의 그것으로 일직선으로 이어지는 것이 아니라, 하나의 굴절점을 갖고 있다고 할 수 있을 것이다. 이 사실에 기초하지 않은 문학사 기술은 재고를 요하는 것이 아닐까. 또한 이 굴절은 중국조선족문학사의 입장에서 볼 때, 이 재'만' 조선인의 문학활동을 어떠한 자리에 놓을 것인가와 관련해서도 일고一考를 요하는 것이 아닌가 생각된다.

제9장

일제 말기를 살았던 김종한

1.

김종한은 1914년 함경북도 명천明川군에서 태어나, 1934년 21세 때부터 민요시를 발표하기 시작한다. 1937년 도쿄의 일본대학 전문부 예술과에 입학, 학생시절부터 부인화보婦人畵報사에서 아르바이트를 하다가 1940년 예술과를 졸업한 후『부인화보』에 정식으로 입사한다. 1939년 4월『문장』지에「귀로歸路」가 입선되고부터는 시인으로서의 길을 걷기 시작한다. 1941년 8월,『부인화보』를 나와서 아카사카赤坂의 해양문화사海洋文化社에 입사하였다가, 1942년 한국으로 돌아와서는 같은 해 2월부터『국민문학』편집부에서 근무를 시작한다. 1943년 5월 서울 사간동司諫洞에서 김달수와 같이 하숙 생활을 했으며, 1943년 7월에는『국민문학』을 그만두고 1944년 2월 매일신보사에 입사한다. 1944년 6월에 전시 국민경제연구소에 입사하였다가, 1944년 9월 급성폐렴으로 사망했다. 향년 31세였다.

2.

　김종한은 1943년 7월호『국민문학』의 편집 후기에서 "일본은 현재 필사적으로 전쟁을 하고 있다. 주어진 조건을 최대한 발휘하여 창조해낼 수 있는 미의식이야말로 현재의 일본에는 필요하다"고 말하고 있다. 이 경우의 '일본' 속에는 '조선'도 포함되어 있다. 가열의 극에 달한 파시즘이 언제까지 지속될지 알 수 없었던 시기에, 김종한은 "주어진 조건을 최대한 발휘하여 창조해낼 수 있는 '민족 독자적인' 미의식"을 추구한 시인이라고 할 수 있다.

　좌담회「새로운 반도문학의 구상」(『녹기綠旗』, 1942.4)에서 김종한은 "논리적으로 생각해 보면, 도쿄는 중앙이 아니어도 된다. 몇 개인가의 지방이 모여 하나의 중앙이 되는 것이다. 꼭 도쿄만이 중앙인 것은 아니"라고 하면서 다나카 히데미쓰田中英光의 '중앙집권'식 사고방식과 대립하고 있다. 김종한은 말하자면 타원형을 생각하고 있다. 서울과 도쿄, 둘 다 중심을 이루고 있는 도형을 상정하고 있는 것이다. 세계대전이 심각한 국면을 맞자, 그는 어쩔 수 없는 현실을 눈

앞에 두고 신음소리를 낸다. 그 결과 탄생한 것이 타원형 이론이며 '신지방주의'였다.

"지방인이 그 소박한 직역職役에 안심입명할 수 있는 원리"를 찾아 그는 그 나름으로 고뇌를 계속한다. 그러다가 그는 소설가 모리스 바레스Maurice Barres, 1862~1923에게서 그 근거를 찾아낸다. 프랑스와 독일 국경지인 로렌 지방에서 태어난 바레스는, 보불전쟁에서 자국군이 패배하여 독일군이 고향을 점령하는 사태를 목격한다. 그의 대표작『뿌리 뽑힌 사람들』은, 모든 생명은 하나의 종족, 하나의 지방에서 태어나는 것이며, 그 민족이나 지방으로부터 고립된, 말하자면 고향을 상실한 뿌리 뽑힌 존재는, 아무 가치도 없다는 내용이다.

김종한의 사고방법은, 일제의 힘에 저항할 수 없다면, 서울과 도쿄를 양립시킴으로씨 "모든 죽이기는 것"을 말살하려하는 힘에 대해 저항을 하면서, 조선과 조선문화를 유지·계승 발전시켜 가자는 데 있었던 것이다.

그는「조선문화의 기본자세」(『삼천리』, 1941.1) 속에서 다음과 같이 말하고 있다.

이 중앙집권적인, 새로운 문화의 준비운동이 끝나면, 다음 순서로서 지방분권적 문화가 맹아萌芽하는 시대가 올 것이라고, 나는 생각하고 있다. 즉 조선에는 조선다운, 만주에는 만주다운 문화가 신체제의 써치라이트 속에 스스로의 사명과 위치를 발견하고 새로운 자율독립에의 자세를 취해야 하는 날이 올 것이라고 생각하고 있다.

지금의 시점에서 생각하면 노예와도 같은 발언일지도 모른다. 그러나 당시로서는 용기가 필요한 일이었다.

이렇게 보면, "조선 옷을 입고, 조선 온돌에서 자도, 훌륭한 황민이 될 수 있다"(좌담회「국민문화의 방향」, 『국민문학』, 1943.8)는 발언도, 민족을 배반하는 것으로 해석해야 할 차원의 것은 아닐 것으로 생각된다. 오히려 민족의 생활과 풍습이 소멸되어서는 안 된다는 적극적인 주장을, 합법적인 틀 안에서 행한 것이라고도 할 수 있다. 당시는, 치마는 비경제적이니까 몸뻬로 바꾸고, 온돌은 사람을 나태하게 만드니까 없애고 화로를 쓰라고 장려하는 시기였다.

작품「거종巨鍾」을 보기로 한다. 이 시는『조선일보』(1934.11.29), 『삼천리』(1935.12), 『춘추』(1943.2), 시집『어머니의 노래』(인문사, '행장行狀'으로 개제, 1943.7.1) 이상 4곳에 발표되어 있다.

수록 작품들 간에 다소간의 차이는 있지만 같은 작품으로 보아도 좋을 것이다. 『삼천리』에 수록된「거종」전문을 인용해 본다.

거종巨鍾

—보신종普信鍾을 읊은

크다란 청동靑銅의종鍾이외다
녹銹은 거룩한 자서전自敍傳이랄가요
성량聲量은 알수없사외다

우렁찬 음색音色이였겠지요

유원幽遠한 여운餘韻이였겠지요

거대巨大한 심장心臟이, 덧없는 추억追憶을

고요히 반추反芻할뿐이외다

―침묵沈默은,

침묵沈默은 아름닶소외다

여기에도 민족의 전통을 수호·육성하고 민족의 역사를 반추하려 하는 시인의 자세가 드러나 있다. 지금은 침묵을 지속하고 있지만 마음속 깊은 곳으로는 울려 퍼지고 있는 보신각 종소리를 노래하고 있는 것이다.

한편 『춘추』(일본어)에 발표된 동일 작품 「거종」에 이르면, 머리말이 붙게 되는데, 그는 이 속에서 다음과 같이 말하고 있다.

몇 년 전 나라奈良에 놀러갔을 때, 커다란 청동 종을 보고 아름답다고 생각한 적이 있는데, 건망증 환자인 나는 그 종의 이름도 유래도 역사도 잊어버리고 말았다. 잊어버렸던 쪽이 한층 더 선명한 기억으로 상징적으로 떠오르는 것이다.

작품에 부제가 삭제되어 있어서, '보신각' 종을 노래한 것인지 나라의 종을 노래한 것인지가 애매하게 되어 있는 것은 사실이다.

이렇기는 하지만, 거대한 청동 종은 나라에는 없다. 그는 결코 보신각종을 잊지 않고 있는 것이다. 『춘추』에 발표된 「거종」을 봐도, 이것이 보신각종을 잊지 않고 쓴 작품이라는 것은 명백하다.

1942년 12월, 태평양전쟁 발발 1주년을 기하여, 김종한은 「대기待機」를 썼다(『국민문학』, 1942.12).

> 눈이 흩날린다.
> 길고 긴 창경원 돌담 길을 따라
> 계절의 혹독함 속에 이렇게 온순한 너희에게
> 굳이 해야 할 말이 있을까
> 눈이 흩날린다 차분히 조용히
> 여동생아 6촌 동생아 남동생아
> 눈이 흩날린다 그대들의 성장의 위에
> 펄펄 눈이 흩날리고 있다
> (4연)

김종한은 "계절의 혹독함"을 좋든 싫든 받아들일 수밖에 없는 것으로 인식하면서, "눈이 흩날리는" 가운데 "등굣길을 서두르고 있는" 학생들에게 호소를 하고 있는 것이다.

> 치렁한 머리 결에 펄펄
> 구겨쓴 모자 위에

나도 십 년 젊어져

너희와 발걸음을 같이 해본다

그는 왕궁인 창경궁의 돌담가를 걸으면서, "군이 해야 할 말이 있을까" 하고 무언의 말로 후배들에게 호소하고 있는 것이다.

「합창에 대하여」라는 시가 있다. 이 시는『국민문학』1942년 4월호에 발표되었다. 후에는『어머니의 노래』에 수록되었다. 양쪽 작품에는 약간의 차이가 있는데, 이하에는『국민문학』에 실린 시를 전문 인용하기로 한다. 덧붙이자면 이 시와「유년幼年」은 나카노 시게하루 中野重治 편『일본 프롤레타리아 문학대계』(제8권, 三一書房, 1955.2)에 김시량의「빛 속으로」와 함께 수록되어 있다.

제1회 대동아문학자대회는 1942년 11월 4일부터 동경에서 개최되었는데, 그해 4월에는 대략적인 계획이 나와 있는 상태였다. 대회에 참가한 조선인은 이광수·박영희·유진오 세 명, 일본인은 가라시마 교辛島驍·데라다 에이寺田瑛, 이렇게 조선 지역에서 온 대표는 모두 5명이었다. 약관이었던 김종한은 물론 참가하지 않았다. 하지만 대회 준비 분위기 속에 그 역시 자리하고 있었던 것은 분명하다.

합창에 대하여

당신, 반도에서 안 왔소?
어딘가 좀 이상하다 생각했다
허나 그리 근심할 필요는 없소.
보쇼. 저 먼 송화강 상류에서도
남경 근처에서도 안 와 있소
스마트라도 보르네오에서도
이젠 중경重慶의 방공호에서도 올 게요
자 그럼 여러분 줄 서시오. -오 오
포구砲口같다. 정렬한 입, 입, 입, 입, 입, 입, 입
그것은 기다린다. 목이 메어 기다린다
지휘봉이 향한 쪽을, 미래를
드디어 소리의 홍수가 발포되겠지요.
온 세상에 펼쳐지는 연막처럼
여운은 소용돌이치며 소용돌이치며 흐르겠지.

이 스테이지의 이름을 그대는 알고 있다
이 스테이지의 이름을 나도 알고 있다

보쇼. 지휘봉이 안 올랐소.
지휘도指揮刀 같다.

(이제 내겐 할 말이 없다)

다만 노래하는 일만이 남아 있다

목이 터지도록

다만 노래하는 일만이 남아 있다

이 시를 보아도 알 수 있듯이, 김종한은 극히 신중하게 언어를 골라 "지휘봉이 안 올랐소. 지휘도指揮刀 같다 / (이제 내겐 할 말이 없다) / 다만 노래하는 일만이 남아 있다 목이 터지도록"이라 하면서, 대동아문학자대회가 강요된 합창이며, 대동아공영권 구상이 일본의 무력하에 있다는 것을 암유暗喩하려 하고 있다.

대동아문학자대회에 참가한 구딩古丁, 쟈오징爵靑, 우잉吳瑛 등 '만주국' 대표들까지, 민족적 양심을 지켰다고 평가받고 있는 금일, 김종한만이 변함없이 '친일문학'이라는 주박 속에 사로잡혀 있는 것은 어째서일까.

김종한은 「약관弱冠」이라는 시를 『동양지광』 1942년 6월호에 발표한 바 있다. 이 시는 상당히 솔직하게 그의 좌절상을 그리고 있다.

약관

말하자면, 로마가

하룻만에 완성된다,고 생각한 데에

그의 좌절이 있었다.

젊은이는
탄환처럼
순수하게 상처받고 있었다.

사고思考로 어지러운 침대 속에서
눈을 뜨면
아침이었다
아침이었다

담배 한 가치를
조용히 피우고
훌쩍 일어났다
또 하나의 로마를
건설하기 위해, 라기보다
낡디낡은 풍속 속에서
또 하나의 좌절을 체험하기 위하여

"낡디낡은 풍속 속에서 / 또 하나의 좌절을 체험"해야 했지만, 역시 "낡디낡은 풍속"을 노래하는 그 길밖에는, 그에게 남아 있지 않았다.

그는 「설중고원부雪中故園賦」(『춘추』, 1944.3)에서도 "낡디낡은 풍속"
을 이렇게 노래한 바 있다.

눈 속의 고향은

뇌조雷鳥 떼처럼

아웅다웅 와작법석

그리고

자꾸자꾸 내려쌓여

푹푹 내려 쌓이고

온돌방에 앉아 다리를 쭈욱 뻗고

이야기 꽃을 피워 전실傳說을 양식養殖하는

이 무죄한 이들

부드러운 호롱불 빛 속에

머언 조상의 숨결도 같이 흔들렸다

3.

그의 시집 『어머니의 노래』 후기에는 다음과 같은 구절이 있다.

"이러한 말세에 벚꽃은 흐드러지고" 이것은 잇사一茶의 구句인데, 내가 잇사에게서 혈연적인 것을 느끼는 것은 그의 속에 내 조부의 모습이 들어 있기 때문일 것이다.

그는 조부와 잇사의 아집과 고독 속에서 공통적인 미를 발견했기 때문에 이렇게 썼을 것이다.

그는 7세 때 양자로 가, 친어머니와 양어머니 사이에서 불행한 소년 시절을 보냈다. 이로 인한, 여성에 대한 외골수적인 동경이 그의 성격을 결정지었으며, 그의 작품의 모체가 되었다고도 할 수 있을 것이다.

어머니에 대한 사랑은 민족애, 조국애, 고향애와도 통한다. 그의 초기 작품은 조선농민의 생활과 풍속을 노래한 것이 많다. 의식적으로 합리주의적인 문화성이나 근대성을 거부하고 "흙 속에 뿌리내린 자연성과 신화성"을 강조했다.

「낡은 우물이 있는 풍경」이라는 시는 그 자신도 마음에 들었던 듯하다. 『예술과藝術科』(일문, 1938.6), 『조광朝光』(한글, 1938.9), 『현대조선시인선집』(임화 편, 한글, 학예사, 1939.1), 『부인화보婦人畵報』(일문, 1940.12), 『어머니의 노래』(일문, 1943.7.1)에는 물론, 『설백집雪白集』(일문, 1943. 7.20)에도 실려 있다. 여기서는 『현대조선시인선집』 수록작품을 인용하기로 한다.

낡은 우물이 잇는 풍경風景

능수버들이 직히고섯는 낡은 우물까
우물속에는 푸른 하늘쪼각이 떠러저있는 윤사월閏四月

－아즈머님
지금 울고있는 저벅국이는 작년에울든 그놈일까요

조용하신 당신은 박꽃처럼 웃으시면서

드레박을 넘처흐르는 푸른하늘만 길어올리시네
드레박을 넘쳐흐르는 푸른전설傳說만 길어올리시네

언덕을 넘어 황소의 울음소리로 흘러오는데
－물동이에서도 아즈머님 푸른하늘이 넘쳐흐르는구료

「귀로歸路」(『문장』, 1939.4)도 마찬가지다.

귀로歸路

말없이 걸어가는 그림자외다
말없이 걸어가는 황소외다

말없이 걸어가는 사나이외다

－황혼의 그림자는 웨 길다랄가요

사나이는 황소를 따라가고
황소는 그림자를 따라가고
그림자는 오솔길을 따라가고

－안젤라스의 종소리는 들려오지않으나

오솔길이 그림자를 이끌고갑니다
그림자가 황소를 이끌고갑니다
황소가 사나이를 이끌고갑니다

　모두 다 농민의 생활과 풍속을 노래한 절창들이다.
　그가 존경한 시인은 제일 먼저가 백석, 그 다음이 정지용이었다.
조금만 더 이른 시기에 나왔다면, 김종한도 백석이나 정지용과 비슷
한 길을 걷고 있었을지도 모른다. 그가 일본 문인 중에 경의를 표하고
있었던 이들은 사토 하루오佐藤春夫와 나카노 시게하루中野重治, 요코미
쓰 리이치橫光利一인데, 그는 이들과도 각각 교류를 나누고 있었다.

4.

"결국 내가 죽을 곳은 경성이 될 것이"라고 『어머니의 노래』 후기에서 말한바 그대로 그는 결국 서울에서 죽었다.

> 손수건처럼 조신하자 하다가
> 손수건처럼 더러워져 돌아온다
>
> ─「뇌雷」 일부

그가 살았던 일상의 세계는 아마도 이런 것이었을 것이다. 아깝게도 해방되기 선 해에 세상을 하직했으나, 만약 살아서 해방을 맞았더라면, 제2의 김문집이라 불렸던 이 시인은 과연 어떤 인생길을 선택했었을까.

제10장

재 '만' 조선인 문학의 두 가지 측면
혁명가요와 심연수

1. 들어가며

만주는 '오족협화五族協和'를 슬로건의 하나로 내세웠다. 그것은 '협화協和'를 슬로건으로 높이 내걸지 않으면 안될 만큼 '불협화不協和'가 존재하고 있었다는 것을 이야기해주고 있다.

1932년부터 1945년까지 일본이 중국 동북 지방에 존재케 한 '만주국' 땅에서, 만주의 각 민족이 창조해낸 문학을 '만주문학'이라는 통일적 명칭으로 부를 수 있는 것일까. 오족五族이 공유한 공동강령적 이념이 있었던 것일까. 아직 조사가 행해지지 않은 단계에서 결론을 내리는 것은 조급할지 모르나, 오족 공통의 문학이념이란 것은 처음부터 마지막까지 존재하지 않았던 것으로 생각된다. 한민족韓民

族은 한민족 나름대로, 일본인은 일본인 나름대로 각 민족의 노래를 독자적으로 읊고 있었던 것이 만주문학의 실체가 아니었을까. 그것은 합창도 아니고 이질적인 것의 하모니도 아니고, 단지 잡연雜然하게 이종異種의 것이 동시에 존재하고 있었던 것은 아닐까. 정치적 사상적 제약과 만주국 건설이념의 강요만은 공통된 것이었지만.

가와무라 미나토川村湊의 『이향異鄉의 쇼와문학昭和文學』(1999.10)은, 만주에 있어서의 일본인 작품을 소개·분석하고 있어 의의가 있다. 그러나 그러한 일본인이 썼던 문학작품이 당시 만주 땅에서 생활하고 있었던 타민족의 문학자, 그리고 만주 땅의 일반 독자들에게 어떻게 수용되었는지에 대해서는 언급하고 있지 않다.

우선 언어문제가 있다. 조선인韓人에 대해선 본국에서도 만주에서도 일본어가 국어國語로 강요되었지만, 한족漢族·만족滿族·몽골족 그 외 소수민족에 대해서는 민족어를 폐기하고 일본어를 강요하는 데까지는 이르지 못한 상태였다. 한반도의 경우 1910년 '한일병합'부터 30년 가까이 지난 후 일본어에 의한 문학작품 창작이 강요되었지만, 애초부터 다민족국가를 표방했던 만주의 경우는 30년이 지났어도 그것은 불가능했음에 틀림이 없다.[1]

만주의 몽고인이나 러시아인이 썼던 작품에 대해선 거의 알 수 없으므로 발언을 삼가기로 한다. 재만 중국인 작가 고정古丁·소송小松· 산정山丁·천목天穆·오영吳暎·작청爵青·의지疑遲, 夷馳·석군石軍·

---

1 예외적 존재로서 이마무라 에이지今村榮治가 있다. 그는 조선인韓人이면서도 일본어로 소설을 썼다. 이마무라 에이지가 필명인지 창씨명인지는 알 수 없다.

전병田兵 · 파녕巴寧 · 하례징何醴徵 · 금명今明 · 반고盤古 · 요정遼丁 등 등의 일부 작품을 볼 수 있지만 여기엔 일본인 문학과는 전혀 이질적인 문학세계가 전개되고 있다.

가령 『예문지藝文志』(1939.12.17 발행. 제2집 한어漢語)에 발표된 고정古丁의 장편 『평사平沙』는 오탁汚濁 속의 연화蓮花 같았으나 점차 세속에 물들어 가는 주인공, 전도前途가 암흑과 추악밖에 없다고 비관하는 결핵환자인 젊은이, 자유분방하게 돌아다니면서도 실은 복수를 꾀하는 젊은 여성, 그것들이 마가馬家 일족一族의 몰락을 배경으로 중후하고 면밀한 필치로 묘사되어 있어 현대판 『홍루몽紅樓夢』을 보는 것 같다.

거기에는 상류사회의 권태와 피로와 부취腐臭가 그려져 있다. 그런 의미에서 만주지식인의 고뇌가 투영되어 있다고 할 수 있을지 모르겠지만, 이 작품에는 일본의 정책이나 시국문제는 제시되어 있지 않다.

고정의 작품은 전혀 만주국이나 일본을 상대하고 있지 않은 것처럼 보인다. 1939년 말에 발표된 이 작품 하나를 보더라도 한반도와 만주와는 문학적 환경에 상당한 차이가 있었다고 보아도 좋을 것이다. '일시동인一視同仁'의 한반도와 간신히 만족의 황제를 세운 만주를, 식민지와 반식민지의 차이라고 한마디로 단정해도 좋을지는 의문이지만, 확실히 차이는 있다. 또한 역사적으로 만주국에 만주문학이란 범민족적인 문학이 존재하였는지의 여부도 논하지 않으면 아니 될 것이다. 그러나 어쨌든 각 민족이 만주 땅에서 같은 시기에 문학작품을 창조한 것은 틀림없는 사실인 것이다.

조선민주주의인민공화국(이하 북조선이라고 약칭함)은 만주의 항일 무장 투쟁과정 속에서 창출된 작품을 자국自國 문학사의 중심에 고정시킨다. 그것은 일본의 지배가 미치지 못했던 유격遊擊지구에서 창출된 투쟁의 문학인 것이다.

반면에 북조선에서 만주국 통치하의 합법적 출판물을 전면적으로 무시한다는 것은 또한 문제일 것이다. 거기에 조선민족의 생활의 호흡과 민족의 미래에의 전망이 내포되어 있는 것임에 틀림이 없기 때문이다.

1979년 중국의 『연변문학』이 1937년 항일전쟁 중의 까마귀 작作 연극대본 〈혈해지창血海之唱〉 2막 1장을 게재한 바가 있다. 이것과 〈피바다〉는 스토리가 흡사한데, 근년近年 중국과 한국의 교류가 빈번해지면서 화제가 되어 연변문학예술연구소의 기관지 『문학과 예술』(1986)에 재수록된 적이 있다.

살펴보건대 이러한 소형小型 연극의 대본은 중국 동북지구 각지에 여러 종류가 있어서, 가요로 이야깃거리로 혹은 연극으로도 만들어진 것이라고 생각된다. 〈혈해지창〉의 원본은 등사판 인쇄孔版로 품질이 나쁜 종이를 사용했었다고 한다. 연변에 보관되어 있었지만 외교 루트를 통해 북조선에 이관移管되어 현재는 평양의 어딘가에 있을 것이라고 한다. 〈혈해지창〉이 『연변문학』에 발표되었을 때 동지同紙는

〈혈해지창血海之唱〉은 우리들이 발견한 작품 중의 한 개에 불과하다.

라고 밝힌 바 있지만, 그렇게 본다면 중국에는 아직도 미발표 작품이 있다는 것이 아닌가 생각된다.

〈피바다〉는 김일성이 스스로 창작한 '불후의 명작'이라고 북조선은 말한다. 그러나 〈피바다〉의 원형의 하나가 항일전쟁 중에 대중들이 창출한 〈혈해지창〉임에는 틀림이 없을 것이다. 일견 一見 모순되는 이 두 개의 사항도 중국 동북지구에서의 항일전쟁은 김일성이 지도한 것이므로 항일투쟁 중에 생긴 혁명가요나 연극의 대본도 결국은 김일성의 '불후의 명작'이라고 인식하고 있는 것으로 이해한다면 북조선의 논리도 성립이 가능하게 된다.

요컨대 북조선의 문학사는 만주에서의 항일투쟁 중에 창작된 문학이 북조선문학의 본류이고, 1920년대에서 30년대까지의 조선 국내의 프롤레타리아 문학을 비롯한 진보적 문학은 '항일 혁명투쟁의 영향 밑에 발전한 진보적 문학'이라 보는 것이다. 이기영李箕永의 『고향』이나 강경애姜敬愛의 『인간문제』를 그 대표적 작품으로 들 수 있다. 윤동주도 그런 맥락에서 높이 평가할 수 있다고 하겠다.

1930년대 이후의 한국 근대문학은 지역적으로 세 가지로 나눌 수가 있다고 본다. 첫째는 일제강점기의 국내문학, 둘째는 기본적으로는 일본 지배하에 있었으면서도 조금 더 복잡한 요소가 얽혀 있는 '만주' 내에서의 문학, 셋째는 구'만주' 항일무장투쟁 속에서 태어난 소위 해방지구에서의 문학, 이 세 가지다. 이 중 어느 하나라도 빠진다면 한국 근대문학사는 성립되기 어려울 것이라고 저자는 생각한다.

2. 혁명가요^(항일가요)

'혁명가요'는 1930년대에 "혁명적 연극과 함께 항일무장투쟁 대열과 유격지구 인민들 속에서 군중 문학예술로서 급속히 창작 보급되어 수백 편에 달하였다"라고 『현대 조선문학 전집』 제11권(혁명가요편)의 해제 중에서 언급되고 있다. 1963년 평양에서 발행된 이 책에는 81편의 혁명 가요가 수록되어 있다. 혁명 가요는 모두가 작자 미상이다. 전투 중에 구전口傳되어진 것이므로 베리에이션도 많았을 것임에 틀림없다. 곡曲도 창작되어진 것이 있는가 하면 전에 있던 곡에 맞추어서 노래하는 등, 독자적인 곡을 갖고 있지 않은 가사도 많다. 동일한 곡에 몇 수의 가사가 붙여져, 어느 것이 본래의 것인지 알 수 없게 된 경우도 있다.

그것들은 어느 것이나 강렬한 민족의식과 혁명적 정열과 전투정신이 충만한, 노래하기 쉽고 대중들에게 어필하기 쉬운 소박한 내용인 것이다. 멜로디는 웅장한 행진곡 풍인 것이 많고 그 외에 추도가 같은 침울, 장엄한 것도 있다.

그 예를 두 가지 들어보기로 한다.

모여라 동무들아 붉은 기 아래
한마음 한뜻으로 모여 들어라
폭탄과 권총을 손에다 들고

주권을 틀어쥐려 모여 들어라

우리 피땀 빨아먹던 자본가들아
총창 끝에 쓰러진다 원쑤놈들아
제놈들의 썩은 통치 무너지더니
간 곳마다 갈팡질팡 개걸음친다

무산 빈농 쓰라린 가슴 속에는
영용한 기세가 가득 찼구나
산림 속에 눈 깔고 누워 잘 때에
끓는 피는 더욱 더 솟아오른다

눈보라 몰아치는 동북 벌판에
쓰라린 가슴 쥐고 헤매이는 자
모두 다 억울한 무산 빈농민
북만의 찬바람에 시달리노나

—〈끓는 피는 더 끓어〉

다음은 〈용진가勇進歌〉라는 가요이다.

백두산하 높고 넓은 만주 들판은
건국 영웅 우리들의 운동장일세

걸음걸음 떼를 지어 앞만 향하여
활발하게 나아감이 엄숙하도다

대포 소리 앞뒤산을 뜰뜰 울리고
적탄이 우박같이 쏟아지여도
두렴 없이 악악하는 돌격 소리에
적의 군사 정신없이 막 쓰러진다

한양성에 자유종을 뎅뎅 울리고
삼천리에 독립기를 펄펄 날릴 제
자유의 새 정부를 건설하고서
무궁화 동산에서 만세 부르자

이상 두 수는 모두 『현대조선문학선집』(전16권)이라는 대중적·일반적인 간행물에서 소개되었다.

이에 비해 꽤 학술적·기록적 성격을 띤 혁명가요집도 있다. 이러한 가요의 수록 작업은 6·25 정전 후 신속하게 착수되었다.

조선로동당 중앙위원회 직속 당 력사연구소 편 『혁명가요집』(조선로동당출판사, 1959.6)은 33개의 곡과 93수의 가사 등을 수록하고 있다. 이 책이 귀중한 것은 ① 노동당 중앙위원회 직속의 당 역사연구소가 당사黨史의 일환으로서 가요를 수록하고 있다는 점, ② 가사도 악보도 상당히 대량으로 채집하고 있다는 점, ③ 수집함에 있어 객

관성·정확성을 기하고 있다는 점, ④ 따라서 그 후에 출판된 몇 개의 동종同種의 저작에 비해 가장 원형에 가깝다고 생각된다는 등등의 이유가 있기 때문이다.

본서 중에서 〈민족해방가〉한 수를 소개하기로 한다.

① 조중 량국 민중아 압박 받는 민족아

* 민족해방을 위하여 모두 다 뭉쳐 싸우자

(이하 * 부분은 각 절마다 되풀이된다)

② 살인 강도 일제는 만주 벌판을 먹었다

③ 일제 놈들은 총칼로 조중 민족 해치니

④ 일제 주구 만주국은 조중 민족 해치니

⑤ 배국직 군빌들은 나라와 민족 팔았다

⑥ 간악한 개떼 우리나라와 민족 망치니

⑧ 망국 노예 면하며 자유 권리 찾으려

⑨ 전 민족이 일어나 해방 전선에 나가자

⑩ 민족 해방 반일전을 전세계가 돕는다

⑪ 조중 민족 련합으로 반일전을 강화하자

(⑦·⑫연 생략)

朝조·中중 抗日항일 연군聯軍의 대열이 위의 노래를 부르면서 만주의 광야와 밀림을 행진하는 모습이 선연하다.

중국에서도 혁명가요의 채록은 6·25정전 직후부터 본격적으로 시작되었다.

1958년 중국 공산당 연변조선족 자치주위원회 선전부 편 『혁명의 노래』 제1집(연변인민출판사, 1958.8)은 71수의 혁명가요를 수록하고 있다. 편찬 작업은 단순한 문학사적 관심에서 비롯된 것은 아니다.

"가장 가열찬 전투에서도 언제나 승리의 고무자였으며, 수천수만의 인민을 불러일으킨 혁명의 무궁한 원천이었던" 혁명가요가 "오늘 우리의 가슴속에도 사회주의 건설 속에서의 새 승리에로의 무궁한 힘을 북돋우어 줄 것이다"라고 한 「편자의 말」이 있듯이 항일전쟁 중의 혁명가요를 가지고 사회주의 건설의 에너지로 전환시키려는 당대적 의의를 가지고 있었다.

또 한 권의 책인 1961년 7월 중국음악가협회 연변분회 편, 연변인민출판사 간刊의 『혁명가곡집』은 33편의 가사歌詞와 22개의 곡을 수록하고 있다.

이들 중국에서 채록된 가요와 북조선에서 채록된 가요를 대비하면 적잖은 부분이 중복되고 있다. 중복되었다고 하기보다 원래 하나의 것이었기 때문에 겹치는 부분이 있다고 해도 당연하다. 혁명가요는, 조朝・중中의 공동 재산이라고 해도 좋을 것이다.

인적人的으로도 1949년의 중화인민공화국 창건까지는 한반도와 자유로운 왕래가 있었다. 6・25가 발발한 후에도 많은 조선족이 동북東北에서 한반도의 전장戰場에 나섰는데, 그중에는 그곳에 정착한 경우도 있었으나, 반면에 많은 조선인韓人이 전화戰火를 피해 연변지구에 들어가 정착한 경우도 많았다. 국적의 규제는 유동적으로, 엄하지 않았으며 당적黨籍마저도 어느 쪽 당에 귀속할 것인지 명확하지 않았던 경우도 있었다.

그런 가운데 중국과 북조선에서 거의 같은 시기에 같은 혁명가요 발굴 작업이 행해진 것은 그 의의가 깊다. 그 결과가 매우 유사했다는 점도 매우 흥미롭다. 물론 쌍방이 다른 가요들을 수집한 경우도 많았지만, 동일한 가요의 경우는 가사의 이동異同이 의외로 적다고 할 수 있다. 그 한 예로 〈레닌 탄생가〉를 보기로 한다.

① 일천 팔백 칠십년 사월 스무이틀
볼가 강변 농촌에서 붉은 레닌 나셨네

아버지는 울리아노브 어머니는 마리야
새'별같은 붉은 레닌 품에 안아 길렀네

② 로동자의 사랑동아 자본가의 미움동아
나신 곳을 알려거든 볼가강에 물으라

볼가강아 볼가강아 사랑하는 볼가강아
붉은 레닌 나신 후엔 네가 더욱 그립다

——〈레닌 탄생가〉 전문

이상이 조선로동당 출판사 간행(1959) 책에 실린 가사이다. 이것에 비해 중국의 연변인민출판사 간 『혁명의 노래』 소수所收의 〈레닌 탄생가〉는 다음과 같이 되어 있다.

볼가 강변에서 붉은 레닌 나셨다.
1870년 4월 22일 그때라
* 볼가강아 볼가강아 사랑 높다 볼가강아
붉은 레닌 나신 후로 너를 더욱 사랑해.
(이하 * 부분은 각 절마다 되풀이된다)

아버지는 울리야노브 어머니는 마리야
새'별같이 귀한 몸을 품에 안아 길렀다.

로동자의 사랑동아 자본가의 미움동아
나신 곳을 알겠거든 볼가강을 불러라.

혁명가요는 확실히 예술적 향기가 적다. 종이도 없이 필기 용구도 없이 밀림과 설원 중에서 전투와 행군을 계속하면서 지기志氣를 드높이고 사상을 고양하기 위해 집단으로 불렀을 이들 구전의 혁명가요를 만주문학에서 빠뜨려서는 아니 될 것이다.

3. 심연수沈連洙의 일본인식

| 1

20세기 전반기를 살았던 중국조선족 시인 심연수가, 학생시절 어떤 책을 읽고 자기 형성을 해가고 있었는가, 그것은 심연수 개인에 대한 연구 과제임과 동시에, 일제 말기를 살아갔던 조선의 지식청년 전반과도 연결되는 공통문제라고 할 수 있다.

심연수가 문학사에 부상하기 시작한 것은 중국과 조선 모두 2000년 이후의 일이다. 아직 거의 알려져 있지 않은 상태라고 할 수 있기 때문에, 그 생애를 간단히 소개하기로 한다.

심연수沈連洙, 본명 심연수沈鍊洙는 1918년 5월 20일, 조선반도 동해안의 강릉시 난곡동蘭谷洞 399번지에서, 부 심운택沈雲澤, 모 최정배崔貞倍의 장남으로 출생했다. 1925년 3월경 조부모 및 부모와 함께 러시아의 블라디보스토크로 이주했다. 1930년 흑룡강 밀산密山을 거쳐 신안진에 이주, 그곳에서 소학교에 입학하였으며, 1936년 만 19세 때 길림성 용정龍井으로 옮겨 동흥東興소학교에 편입하였다. 1937년 동교 졸업 후 동흥중학교에 입학하였으며, 이 시기에 본격적인 시작 수업과 독서에 몰입했다. 생전에 발표된 작품은 아래의 9편뿐이라고 생각되는데, 그의 작품은 발표작 및 미발표작 모두 조선어로 씌어 있다.

『**만선일보**滿鮮日報』

1940년 4월 16일 조간 시 「대지大地의 봄」

　　4월 29일 조간 시 「여창旅窓의 밤」

　　5월 5일 조간 시 「대지大地의 모색暮色」

1941년 2월 18·26일, 3월 5일 여행기 「근역槿域을 차저서」

　　3월 3일 시 「길」

　　11월 12·19일 단편소설 「농향農鄕」

　　12월 3일 시 「인류人類의 노래」

『**매일신보**每日新報』

1942년 7월 1·2·8일 보고 「문학文學의 사명使命─문학보국회발회식

　　　　　　　文學報國會發會式을 보고서 상·하·속」

1943년 6월 2~5일 평론 「영화映畵와 연기演技 1~4」

　　1940년 2월 8일부터 22일에 걸쳐 장기 수학여행. 이것은 당시 연변의 관습으로, 한반도 각지, 러시아극동지구, 하얼빈까지 이르는 것이었다. 견문을 넓히고 조선민족으로서의 아이덴티티 확립을 꾀하는 데 수학여행의 목적이 있었다고 생각된다.

　　1940년 12월, 동흥중학교 졸업, 다음 해인 1941년 2월 만 23세의 심연수는 도일하여 4월에 일본대학 전문부 예술과 학원(東京市 板橋區 江古田町 190번지)에 입학한다.

　　1943년 7월, 2년 반 만에 일본대학을 전시戰時조기早期 졸업, 한때

지바현千葉縣 등지에 가 있다가, 이해 겨울, 나진을 거쳐 길림성 용정으로 돌아온다.

1945년 2월, 용정에서 백白보배와 결혼. 8월 8일 소련군의 참전 등으로 전국이 극심하게 혼란하던 시기, 흑룡강성 영안현寧安縣에서 용정으로 이주하던 도중, 중간의 왕청현汪淸縣 춘양진春陽鎭에서 사망했다. 위만군僞滿軍에 의해 살해되었다고도 하나, 상세한 것은 확실히 알려져 있지 않다. 향년 27세. 다음 해 3월 시신이 용정의 가족묘지로 옮겨졌다.

| 2

심연수는 27년의 생애 동안, 방대한 양의 작품과 장서들을 남겼다. 현재 알려져 있는 것만도 시 174편, 기행시조 64편, 단편소설·수필 11편, 기행문 1편, 서간 26편, 일기 1940년 1~12월분, 시나리오 1편이 있다. 시의 경우에는 장서 여백에 써넣은 작품들을 포함시킨다면 그 수가 더욱 늘어날 것이다. 한국의 국민시인 윤동주가 시 123편, 산문 4편인 데 비해, 저작량으로 볼 때 3배 이상이 된다.

심연수의 육필원고, 초고, 장서, 노트, 사진 등은 동생인 심호수沈湖洙 씨가 보관하고 있었다. 심호수 씨가 문화혁명의 와중 속을 위험을 무릅쓰고 보관해 온 것을 생각하면 머리가 숙여진다. 다행스럽게도 호수 씨는 농민이었다. 창고 구석에서 쥐와 벌레에 갉아먹히고 배설물과 두껍게 쌓인 먼지 속에서도 자료는 살아남을 수 있었다. 보존 상황은 열악했다. 특히 곰팡이와 습기문제가 제일 심각했다. 책 등은 페이지를 펼칠 수조차 없는 것도 있었다.

그래도 이 정도로 대량의 귀중한 문헌이 남았다는 것은 기적에 가깝다. 윤동주의 경우, 가까운 친척이 해방 후 한국에 이주했기 때문에 장서의 대부분은 연변 땅에 버려져 분실되어 지금 남은 윤동주의 장서들은 동생 일주 씨가 서울에 와 지인들을 돌며 모은 것이다. 연수의 경우는 동생 호수 씨가 중국에 정주하면서 55년간에 걸쳐 보관해 왔기 때문에 오늘날까지 보존될 수 있었다.

| 3

심연수의 원고가 햇빛을 보게 된 경위는, 『20세기 중국조선족 문학사료 전집 제1권 심연수문학편』(이하 '갑'이라 약칭함)의 후기에 상세하게 밝혀져 있으므로 그것을 참고 바란다. 갑이 2000년 7월 연변인민출판사에서 간행되어, 그것이 즉각 한국의 각종 신문과 텔레비전에 보도되었다. 다음 해 2001년 8월, 길림성 연길시에서 중한 국제심포지엄이 개최되었는데, 그에 맞춰 한국의 강원도민일보사로부터 『민족시인 심연수시선집, 소년아 봄은 오려니』(이하 '을'로 약칭함)가 공간되었다. 을은 갑의 시·시조 중에서 70편을 뽑은 것으로 권말에 해설을 겸한 논문 5편이 실려 있다.

그런데 문제는 텍스트에 있다. 상당히 자의적으로 원문에 손을 대버린 점이 그것이다. 원뜻이 훼손되고 왜곡되어 있다. 이 점에 대해서는 졸고 「심연수의 시를 둘러싸고」(『중국조선족문학의 역사와 전망』, 녹음서방 2003.3 수록)에서 지적한 적이 있다. 중국 국내에서도 임연이나 권철 등이 '원래의 의미가 훼손되어 있다'고 비판하고 있다. 이 비판을 근거로 서울의 중국조선민족문화예술출판사에서 2004년 3월에 출판된 것이 『20세기 중국조선족문학사료전집(제일집)―심연수 문학편』(이하 '병'이라고 약칭)이다. 그러나 한국에서도 원문의 복사본이 입수가능한데, 갑의 오류를 그대로 계승하고 있는 부분이 많으며, (예를 들면 시조 「동해북부선 차중에서」, 「온정리」) 더욱이 불가사의한 것은, 동일 작품이면서도 원문을 참조한 것처럼 갑의 오류를 일부 고쳤으면서도 일부는 그대로 방치하고 있는 점이다. 예를 들면 「마하연摩訶衍」 중 본문 중에서는 갑의 오류를 수정하면서도(원문을 참조했다고 생각된다) 표제는 갑 그대로 「마사연摩詞衍」이리 되어 있다. 금강신의 명찰 「摩訶衍」이 이렇다면 참 곤란한 일이다. 「露人共同墓地」도 시 자체에는 교정이 되어 있으나, 표제는 변함없이 「露天公園墓地」 그대로다. 이국 땅에서 죽어간 러시아인의 모습을 떠올리기가 쉽지 않다. 작품집의 모양새로는 좀 안이한 데가 있다.

심연수에 대한 연구로는, 한국에 임헌영, 이명재, 엄창섭, 이명호의 논문, 중국에 임연, 김성호, 김용운, 권철의 논고가 있는데, 이명재가 말한 바와 같이, '초보단계에 머물고 있'는 것이 현실이다. 한국의 석사논문에는 2002년 관동대학교 교육대학원 고세환의 「심연수의 시세계」, 2003년도 관동대학교 대학원 김명순의 「심연수 시의 상상력과 모더니티 연구」가 있다. 한국정신문화연구원의 박사논문

「심연수 시문학 연구」는 '원전확정' 작업에 한해서는 종래의 면목을 일신한 데가 있다.

연변대학 조선문학연구소 편『중국조선민족문학대계 5－현대시집성』(2005.6)에 수록된 심연수의 시는 원고와 대조를 한 것으로 거의 완전하다.

한국에서는 심연수를 거의 항일민족시인으로 평가하고 있다. 이육사, 윤동주와 동렬에 올려놓거나, 윤동주와 쌍벽을 이루는 것으로 보거나 하고 있다. 외국에서 사망했다는 점은 3자 공통이나, 솔직히 말해 문학사에는 동렬의 위치에 놓을 수 없다고 나는 생각한다. 윤동주와 심연수 중 어느 쪽이 높은가 낮은가 하는 문제가 아니라, 비교 자체가 곤란하기 때문이다. 윤동주의 서정과 내면적 고뇌의 표출은 심연수에겐 없으나, 그 대신 유례없는 기록성과 진취성의 정신이 있다.

| 4

다음은 심연수의 일본관을 중심으로 기술하기로 한다. 일본대학 전문부의 합격통지서를 이미 받은 심연수는 1941년 2월 9일 게이토쿠마루景德丸호를 타고 부산부두를 출항, 현해탄을 건넌다. "이상理想의 실현實現될 나의 앞날에" 희망을 부풀리면서 "희망希望싣고 뜬 배"에 몸을 맡긴다. 「현해탄玄海灘을 건너며」라는 제목의 시의 일절이다.

일본에 도착한 후 최초로 쓴 작품이, 2월 9일 차 안에서 쓴 「이상理想의 나라」라는 제목의 시다. 내용은 다음과 같다.

해돋는 아츰바다

맑고 깨끗한 섬땅

섬은 섬이나 섬아닌나라

맑은내 흐른곧에 대숲이 있고

논 밭이있는곧에 사람이산다

차중車中의사람 차외車外의자연自然

모다가 처음보는진경珍景

조애朝靄에 싸인데는 마을이 있고

마을있는데는 생기生氣가있다

세토나이카이瀨戸海 고흔물에

송도松島가 띄여있고

백범白帆이 움직이는데는

하늘이 맑게개엇다

자연自然도그렇고 인력人力도그렇다

인력人力이빛나는곧에 이상향理想鄕있나니

연선沿線에 일하는 모든 철사哲士는

이상향理想鄕을건설建設하는 투사鬪士들이니

나도 내려가 팔을 걷고

땅을 파고싶다

　　　　　　　—2월二月 9일九日 차중車中에서

수학여행 중 한반도 남단부터 북단까지, 그리고 구'만주'에서 러시아까지를 둘러보았으니, 지방도 외국도 처음은 아니나, 일본은 이때가 처음이었다. 심연수는 세토나이카이瀨戶內海 연안沿岸을 열차로 달리면서 "조애朝靄에 싸인 데는 마을이 있고 / 백범白帆이 움직이는 데는 / 하늘이 맑게 개엿다"고 하면서, 처음 접하는 일본의 풍경과 그 속에서 살아가는 사람들과 마음을 나누고 있다. 때문에 연선에서 일하는 농민들과 함께 대지를 갈고 싶다고 기원하는 것이다. 이것은 추상적인 일본국가나 일본민족에 공명하고 있는 것이 아니다. 스스로의 생활 향상을 위해 일하는 그 대지의 사람들에게 시인은 자신들의 생활과 동질적인 것을 느끼는 것이다. 시「이상理想의 나라」는 일본이 이상의 나라라고 노래하고 있는 것이 아니라, 이상사회 건설을 위해 일하는 외국 서민들의 모습을 엿보고, 그것에 공감하는 마음을 노래하고 있는 것이다.「이상理想의 나라」가, 중국에서 출판된 『20세기 중국조선족 문학사료전집−제1집 심련수문학편』(연변인민출판사, 2004.3.1)에도 한국에서 출판된『소년아 봄은 오려니』(강원도민일보사, 2001.8)에도 수록되어 있지 않은 것은 필자에게는 이해하기 어렵다.「이상理想의 나라」는 결코 '친일'시가 아니기 때문이다.

　다음으로「이향異鄕의 야우夜雨」를 보기로 한다.

　보금자리 옴겨놓은

　이마음의 나그네

　머므든 자리마다

　정우情羽를 홀렛다

비나리는 이향異鄕거리

어두워 밤이오면

차디찬 객방客房에

여수旅愁가 찾어오고

어설프게 새로운

이 마음의 구석에는

앞날의 숙제宿題가

작고만 뿔어가네.

비나린아스팔트 자동차自動車달리는소리

포도舖道에 끄으는 게다소리

헤여아는 엽방의 시계時計치는소리

모나가 깊어시는 밤의소리가

아! 깃빠지는 이보금자리

비나리는 이거리의밤

　　　　　　　　　　　　　　　—3.3 도즈카戶塚에서

「이향異鄕의 야우夜雨」는 동경에 도착해서 얼마 지나지 않았을 때
의 여수旅愁를 노래하고 있다. 「앞날의 숙제」 즉 장래에의 불안과, 차
가 질주하는 소리, 옆방의 기둥시계 소리에 잠을 이룰 수 없는 시인
의 심정이 솔직하게 노래 불러지고 있다. 이향 땅에 홀로 내던져져,
잠들지 못하는 밤에 우선 생각나는 것이 고향 「해란강」이며, 돌아가

신 할아버지였다는 것은 납득할 만한 일이다. 「이향異鄕의 야우夜雨」
는 3월 3일, 「추억追憶의 해란강海蘭江」은 3월 17일에 창작되었다.
「이향異鄕의 야우夜雨」의 창작 장소인 「도즈카戸塚」는 현재의 신주쿠
新宿구 와세다대학早稻田大學 근처로서, 학생 상대의 하숙집이 많은 장
소였다. 심연수는 우선 도즈카戸塚를 일본에서의 최초의 거주지로 정
했던 것 같다.

심연수에게는 「귀로歸路」(1941.5.5)라는 제목의 시가 있다. 그중에
서 「에도가와(현재의 神田川) 한쪽 옆을 달리는 전차」, 「태평양太平洋
이 불어뿜는 어둠」을 노래하고 있다. 도시마구豊島區에 있는 일본대
학 에코다江古田 교사校舍에서 하숙까지 가는 귀로歸路, 아마도 이케
부쿠로池袋에서 도즈카戸塚까지 걸었든가 그 도중에서 오지王子 전차
를 이용하든가 했을 것이다.

이상으로 심연수의 일본유학 초기의 시 몇 편을 일별해 보았다.
심연수의 시는 내성적이지 않으며, 단순 솔직하게 자신을 드러내고
있다. 예술적 향기라는 면에서는 다소 떨어지나, 기록성 면에서는
귀중하다. 당시의 재'만' 조선청년이 어떤 생각을 갖고 어떤 생활을
보내고 있었는가를 알기에는 매우 좋은 재료다. 그런 의미에서 그의
상세한 일기는 시에 뒤떨어지지 않을 정도로 귀중하다.

심연수의 시에는 '민족의식과 항일정신'의 면 역시도 농후하게 들
어 있다. 그러나 '항일'이란 일본의 모든 것을 거부하는 것은 아니다.
심연수뿐만 아니라 김기진, 윤동주 그 외 많은 일본 유학생들도, 일

본을 통해 근대사상과 근대화를 흡수하면서 성장해갈 수 있었다고 할 수 있을 것이다. 흡수라는 것은 전면적 섭취와는 다르다. 자기형성 과정에서 취해 마땅한 것은 취하고, 버려 마땅한 것을 버리는 것이다. 제2차 세계대전 개시전후부터 일본사회가 극도로 국수화되면서 광적인 파시즘이 횡행하자, 많은 유학생들이 이를 보고 정반대의 길을 걷게 되었던 것은 역사적 사실이나, 이 과정은 조금 더 분석할 필요가 있다고 생각한다.

심연수는 『매일신보』 1942년 7월 1일, 2일, 8일, 사흘에 걸쳐 「문학의 사명」이라는 평론을 발표했다. 이것도 중국이나 한국의 자료집에서는 언급하고 있지 않다. '문학보국회발회식文學報國會發會式을 보고'라는 부제가 붙어 있다. 소설부 대표 기쿠치 간菊池寬, 평론부 대표 가와카미 데쓰타로河上徹太郎, 하이쿠俳句부 대표 후카가와 쇼이치로深川正一郎 등이 연설하고 있다. 심연수는 그것을 비평하지 않고 충실하게 열거하고 있다. 열거함으로써 임무를 다하고 있다. '문학보국회'에 참가했다고 해서, 그 취지에 찬성했다고 본 것은 아닌 것이다.

1940년도의 일기도 있다. 심연수 22세, 중학시절 때이다. 거기에서 독서기록과 그의 창작 작업을 보기로 한다. 21세 중학생 때의 기록이다.

1월 15일 『キング』라는 日本雜紙 2月號를 샀다.”

25일 "집에서 『キング』 2月號를 읽다."

28일 "龍井에 가서 書店에 들러, 소설 『渦の中』(荒木巍), 『脫出』(福田淸人)을 50전 주고 사다."

2월 1일 "밤 小說 『雪明り』, 『木搖れ』, 『五分の魂』을 읽다."

3월 13일 "어제부터 보던 『常綠樹』를 다 보다."

18일 "郵便局에 가서 大阪 三精堂書店으로 책을 주문하다."

28일 "『鷺山時調集』을 사다. 그는 最幸福者다. 때때의 마음을 잃이 않고 남긴 사람이다. 나는 그대를 崇敬한다." (심연수는 노산 이은상을 존경하고 있다. 그도 초기에 시조를 썼을 것이다)

4월 9일 "詩를 『滿鮮日報』와 『東亞日報』로 보내려고서 쓰어두다. 人生은 藝術을 떠나서는 살수없다."

16일 "『滿鮮日報』로 3首를 보내다."

20일 "詩 1首를 보내다. 『滿鮮日報』에…"

25일 "『朝鮮三國時代史話集』을 보다."

26일 "『史話集』을 다 보다―「農家」라는 것을 밤새도록 쓰다."

29일 "修學旅行費를 내다. 韓龍雲 저 『님의 沈黙』을 사다. 그의 書法은 거츨고도 아름답다."

6월 8일 "동무게서 『흙』을 얻어가지고 보게되 보게되였다. 그 집에서 나는 『三曲線』을 끝보고 동무에게 보게 주고"

7월 7일 "盧子泳 저의 『靑空洗心記』를 보다."

10일 "저녁에는 『殉愛譜』를 처음 보다." (용정 출신 박계주의 작품이다)

18일 "오늘 『殉愛譜』를 다 보다"

23일 "朝鮮으로 創氏의 편지를 하다."

9월 9일 "〈授業料〉라는 영화를 구경하였다. 우리는 朝鮮映畵를 많이 보지 못하엇다. 그것은 作品이 적은 까닭이냐. 우리가 보아서는 아니될 것이냐."

24일 "島崎藤村의 『櫻の實の熟するころ』을 보기 시작하다."

10월 3일 "漢文時間에 前後 赤壁賦를 배웠다."

19일 "午後에 劇場에서 映畵를 하엇는데 敎育的 價値가 있다기에 구경을 갓었다. 〈海援隊〉와 〈第二出發〉를 보앗는데 두곳에서 많는 收穫이 있으리라고 믿어진다."

24일 "高協에서 하는 〈無影塔〉을 歷史上으로 史話上으로 우리는 二千餘年前百濟와 新羅의 일을 劇을 通하야 보게 되엿다. 우리는 俳優의 演技보다도 그들이 우리들에게 넣어주려하는 그 精神 則 그 演劇의 眞髓를 보아야 한다."

11월 1일 "『文章講話』를 사서, 밤새도록 절반을 보앗다."

3일 "『文章講話』를 보앗다."

5일 "『文章講話』를 보앗다."

8일 "芥川龍之介 저의 『百草』를 사서 보다."

10일 "아침절에 『ああ無情』을 보앗다. 참으로 名作이다. 누구던지 한번 꼭 보아둘만한 소설이다. 島崎藤村의 『新生』을 시작하엿다."

19일 "〈國境〉이란 朝映을 구경하엿다."

20일 "『新生』을 다보다. 그리고서 『鐵假面』을 얻어 다시 시작하엿다."

26일 "『朝鮮文學全集短篇集』中을 사서 보기시작하다."

27일 "『朝鮮文學全集短篇集』下를 사다."

28일 "『朝鮮文學全集短篇集』中을 다 보고 下를 보기 시작하엿다."

29일 "『金色夜叉』를 李庸救군에서 얻어다가 보기 시작하엿다."

12월 5일 "저녁을 먹고서 오늘 掃除한 서늘한 房에서 마주막을 남은 燭에다 불 켜고 『金色夜叉』를 다 보앗다."

19일 "劇場에 가서 〈シカゴ〉라는 西洋映畵를 구경하엿엇다. 意味는 잘 알 수 없엇다. 그러나 滋味있엇다."

이상이 1940년 1년간의 일기에 씌어있는 독서기록이다. 기본적으로 조선문학이 있고, 그 외에 일본문학의 영향이 농밀하다는 것을 알 수 있다.

| 5

마지막으로 심연수의 장서 총목록을 제시해보기로 한다. 어디에 관심이 있었는가, 그 대강을 알 수 있을 것이다. 현재 남아 있는 것은 대부분이 일본어 도서다(첨부자료 1 참조).

4. 맺으며

분량 관계로, 재'만' 조선인 문학의 전체상에 대해 논하는 것은 포기하고, 그중 중요한 부분을 점하고 있는 ① 혁명가요 ② 심연수의 문학, 이 두 분야에 대해서만 간략하게 보고했다.

일제강점기의 조선인韓人 문학은 세 가지로 나눠진다. 하나는 중심부분을 이루고 있는 국내의 문학, 나머지 두 가지는 중국, 특히 '만주'의 문학이다. '만주'의 문학은 더 나아가 '만주국' 정부하의 문학과 항일무력투쟁 문학, 이 두 가지로 나눠진다.

혁명가요, 혹은 항일가요라는 영역은, 상기 3요소 중의 하나를 차지하고 있는 영역으로서 제외해서는 절대로 안 되는 영역이다. 이 영역에 대한 연구는 북한에서는 어느 정도 왜곡된 형태로 진행되어 있을 가능성이 있다. 우선 원자료 내지 그에 가까운 자료에 의거하여, 당시의 시가나 연극(예를 들면 〈혈해지창〉)의 실태를 파악할 필요가 있다고 할 수 있다.

심연수라는 이름이 알려지게 된 것은 아직 일천日淺하다. 그의 작품은 문학적 향기가 다소 떨어지나, 일제 말기의 재'만' 조선인 청년의 사고와 정서, 사상형성 과정을 상세하고도 선명하게 기록하고 있다는 점에서, 비할 데 없이 귀중한 존재다. 윤동주처럼 생전에 한 권의 시집도 내지 못하고 요절한 이 시인에 대한 연구가 한·중·일의 협력에 의해 본격적으로 행해질 날이 오기를 요망한다.

첨부자료 1_ 심연수 소장 도서 리스트

※한글도서 5권, 영어도서 20여 권(일본 출판사) 이외에는 모두 일본어도서

한글도서

吳熙秉 編, 『乙亥名詩選集』, 発行所詩苑社・総販売所漢城図書, 1936.3.27.
崔載瑞 編集兼発行者, 『昭和十五年版朝鮮文芸年鑑—朝鮮作品年鑑別冊付録』, 人文社.
崔載瑞 編集兼発行, 『昭和十四年版朝鮮文芸年鑑』, 人文社, 1939.3.25.
李孝石 著, 『해바라기』(재판), 学芸社(朝鮮文庫), 1939.5.19.
『朝鮮作品年鑑』, 人文社.

영어도서

斉藤勇 解説注釈, *THE BOOK OF JOB* ヨブ記, 研究社, 1942.7.30. 구입 1943.7.21, 立
　　大通.
青木 編, *HELPS TO THE CHOICE READERS 4*, 東京辞書出版社. 판권없음, 서명 沈
　　連洙.
青木 著, *HELPS TO THE CHOICE READERS 3*, 東京辞書出版社. 판권없음.
山宮允 解説注釈, *BLAKE'S POEMS* ブレイク詩選(9쇄), 研究社, 1942.7.1. 구입
　　1943.6.25, 立大通.
土居光知 解説注釈, *SHELLEY'S LYRICS* シェリー抒情詩抄, 1942.2.20. 구입 1943.8.18,

池袋時習堂.

矢野禾積, *ESSAYS ON POETRY by K. YANO*(제6판), 研究社, 1942.7.10.

豊田実 著, *PROSE TALES(SELECTIONS)*, 研究社, 1929.1.5.

沢村寅二郎 注釈, *WORDWORTH'S POEMS*, 研究社, 1942.7.10. 구입 1943.6.25, 立大通.

岡倉覚三 著, *THE BOOK OF TEA*(제5판), 研究社, 1942.9.30. 구입 1943.4.23.

矢野禾積 著, *RUBAIYAT OF OMAR KHAYYAM*, 研究社, 1929.10.5.

長谷川康 訳注, *ENOCH ARDEN*(재판), 東京 : 笹川書店, 1915.5.25. 구입 1943. 6.25.

The Country of the Blind And Other Stories(제7판), 三省堂, 1942.3.27. 서명 Shim Yen Suu.

T. S エリオット, 北村常大 解説注釈, *THE WASTE LAND AND OTHER POEMS*(小 英文学叢書), 研究社. 구입 1943.7.21, 立大通.

高垣松雄 解説注釈, *LONGFELLOW'S POEMS*(小英文学叢書34, 제9판), 研究社, 1942.6.20. "많이 읽고 많이 쓰라. 40,11,10沈"이라 쓰여 있음.

船橋雄 解説注釈, *WHITMAN'S POEMS*(小英文学叢書77, 제7판), 研究社, 1942. 1.10. 구입 1943.7.27, 池袋終点.

繁野天来 解説注釈, *PARADISE LOST by JOHN MILTON*(小英文学叢書18, 제10판), 研究社, 1942.7.1. 구입 1943.7.21, 立大通.

沢村寅二郎 解説注釈, *HARDY'S POEMS* ハーディ詩選(小英文学叢書15, 제8판), 研究社, 1942.7.20. 구입 1943.6.25, 立大通.

斉藤勇 解説注釈, *KEATS'S POEMS* キーツ詩選(小英文学叢書22, 제11판), 研究社, 1942.7.1. 구입 1943.7.5, 立大通.

ロングフェロー・水護 解説注釈, *EVANGELINE*エヴァンジェリン(小英文学叢書82), 研究社.

THE CHOICE READERS III by Aoki Tsuneo(제3판), 東京開成館, 1937.4.10. "連洙" 의 인印 있음. 東興中学校教科書로 보인다.

THE CHOICE READERS IV, 東京開成館. "沈連洙" 서명과 인印. 교과서인가.

The MERCURY ENGLISH GRAMMAR 4 by 深沢山次郎・佐川春水(정정판), 帝国書 院, 1942.10.25. 단어 번역 등의 메모 다수 영어 교과서.

MODERN SHORT STORIES, 三省堂, 1940.12.25. 구입 1941.5.5, 교내구매부.

일본어도서

『世界文学全集』, 新潮社, 大正5年. 非売品

1 『神曲』
3 『沙翁傑作集(シェークスピア)』
4 『ドン・キホーテ』
5 『失楽園』
7 『アイヴァンホー』
8 『懺悔録』
9 『ファースト』
10 『独逸古典劇集』
11 『ポウ傑作集 / 緋文字』
14 『レ、ミゼラブル』
15 三井光弥 訳, 『モンテ・クリスト伯(1)』
17 『ウージェニー・グランデ / 従妹ベット』
18 『二都物語 / 復活』
19 『ナナ / 夢』
20 『ボヴァリイ夫人 / 女の一生』
22 『罪と罰』
23 『復活』
24 『露西亜三人集』
25 『イプセン』
27 『北欧三人集』
29 『テス』
30 『椿姫 / サフォ / 死の勝利』
32 『現代仏蘭西小説集』
33 『英国戯曲集』
35 『近代戯曲集』
36 『近代短篇小説集』

岩波文庫

ポアンカレ 著, 平林初之輔訳 『科学者と詩人』(제11쇄), 1941.5.1. 구입 1942.9.8, 椎名町.
テイエス エリオット 著, 矢本貞幹, 『文芸批評論』(제4판), 1941.7.15. 구입 1942.6.3,

下落合.

オスカ ワイルド, 阿部知二 訳, 『獄中記』, 1939.10. 구입 1942.4.30, 江古田.

エドガアラン ポウ, 澤田卓爾・森村豊 訳, 『黒猫』(第2판), 1938.9.30. 板橋区江古田駅
　　前青山堂書店.

ルソウ 著, 平林初之輔 訳, 『エミイル』第二編(第14판), 1941.10.5.

ルソウ 著, 平林初之輔 訳, 『エミイル』第一編(제11쇄), 1936.12.20. 구입 1942.5.28,
　　椎名町駅前.

ルソウ 著, 平林初之輔 訳, 『エミイル』第三編(제12쇄), 1939.4.15. 구입 1942.6.5, 向
　　島区吾嬬町東2ノ45飯島書店.

漆山又四郎 訳注, 『唐詩選』上巻(第11판), 1940.2.1. 구입 1942.1.5.

漆山又四郎 訳注, 『唐詩選』下巻(第11판), 1941.2.20.

ズーデルマン著, 相良守峯 訳, 『憂愁夫人』, 1940.8.20. 구입 1943.5.1, 椎名町.

ドストイエーフスキイ 著, 『貧しき人々』(제11판), 1938.9.5. 구입 1942.6.21, 椎名町
　　駅前.

中村白葉 訳, 『人は何で生きるか他四篇』(제12판), 1941.10.5. 구입 1942.6.21, 後楽
　　園三省堂.

エスマン 著, 片上伸 訳, 『自然論』(제11판), 1940.11.30.

ポアンカレ 著, 平林初之輔 訳, 『科学者と詩人』(제11판), 1941.5.1. 구입 1942.9.8, 下
　　落合.

ポワロー 著, 丸山和馬 訳注, 『詩学』, 1934.8.15. 구입 1942.2.17, 椎名町.

ゴーリキイ 著, 中村白葉 訳, 『どん底』(第5쇄), 1928.7.30. 구입 1942.8.4.

アミエル 著, 河野与一 訳, 『アミエルの日記』1(第9쇄), 1941.12.1. 구입 1942.11.7,
　　牡丹江.

フィリップ 著, 外山楢夫 訳, 『若き日の手紙』(第15쇄), 1943.3.20. 구입 1942.8.22, 椎
　　名町.

カント 著, 天野貞祐 訳, 『純粋理性批判』(第5쇄), 1943.3.20. 구입 1944.1.30, 牡丹江.

ランボオ 著, 小林秀雄 訳, 『地獄の季節』(第2쇄), 1938.11.30. 구입 1943.5.3, 椎名町.

フィリップ 著, 三好達治 訳, 『母への手紙』(제9쇄), 1940.11.20. 구입 1942.1.8, 椎名町.

マルチン ルター 著, 石原謙 訳, 『信仰要義』(第3판), 1941.6.20. 구입 1942.7.26, 下落合.

ネルヴァル 著, 佐藤正彰 訳, 『夢と人生』(第3판), 1937.6.30. 구입 1938.12.

ペスタロッチ 著, 長田新 訳, 『隠者の夕暮』(초판), 1941.11.15. 구입 1944.1.30, 牡丹江.

ブラッドリ 著, 橘忠衛 訳, 『詩のための詩他四編』, 1941.7.26. 구입 1942.2.18, 神田.

ヴィリエ ド リラダン 著, 渡辺一夫 訳, 『未来のイヴ』下巻.

ピエル ロティ 著, 津田穰 訳, 『ロティの結婚』(第5쇄), 1941.10.15. 구입 1944.2, 牡丹江.

プラトン 著, 久保勉・阿部次郎 訳, 『ソクラテスの弁明／クリトン』(第12쇄), 1941.6.5. 구입 1942.5.1, 地蔵堂.

ドーデー 著, 桜田佐 訳, 『風車小屋だより』(第13쇄), 1942.7.20.

ヴィンデルバント 著, 篠田英雄 訳, 『永遠の窓下に他三篇』. 구입 1942.5.1, 地蔵堂.

呉茂一 訳, 『ギリシャ抒情詩選─附ラテン抒情詩選』, 1938.11.1. 구입 1942.5.1, 地蔵堂.

ゴーリキィ 著, 湯浅芳子 訳, 『幼年時代』(第8쇄), 1939.9.15. 구입 1942.9.13.

ミルトン 著, 中村為治 訳, 『闘技者サムソン』(第3판), 1940.6.10. 구입 1943.1.16, 江古田.

チェーホフ 著, 米川正夫 訳, 『伯父ワーニャ』(第3판), 1927.11.25. 구입 1943.1.15, 椎名町.

マイエル 著, 浅井真男 訳, 『フッテン最後の日々』, 1941.5.3. 구입 1943.1.6, 椎名町. 판권장 오른쪽 페이지에 선죽교를 펜으로 그린 그림. "선죽교 18,3,12"라고 적혀있음.

シュトルム 著, 伊藤武雄 訳, 『三色菫溺死』(第6쇄), 1938.7.30. 구입 1944.6.24, 牡丹江.

ヴァッケンローダー 著, 江川英一 訳, 『芸術を愛する一修道僧の真情の披瀝』, 1939.6.3. 구입 1942.6.5, 目白通.

ゴーリキィ 著, 湯浅芳子 訳, 『三人の追憶』.

エミル ベルナール 著, 有島生馬 訳, 『回想のセザンヌ』(第14쇄), 1941.2.1. 구입 1942.7.26, 伊勢丹.

ゴーゴリ 著, 平井肇 訳, 『狂人日記他一篇』(第5쇄), 1939.11.20. 구입 1942.5.1.

幸田露伴 校閲, 漆山又四郎 訳注, 『陶淵明集』(第13쇄), 1942.3.15. 구입 1942.8.1, 目白通.

テヌヌ 著, 瀬田茂樹 訳, 『文学史の方法』(第10쇄), 1940.8.30. 구입 1942.6.8, 下落合.

ドイル 著, 菊地武一 訳, 『シャーロックホームズの帰還』, 1938.3.10. 구입 1943.7.16, 江古田.

張彦遠 撰, 小野勝年 訳注, 『歴代名画記』, 1938.2.25. 구입 1943.7.31, 目白通.

ハイネ 著, 内藤匡 訳, 『ハルツ紀行』, 1941.11.10. 구입 1942.7.31, 目白通.

フランシス ジャム 著, 三好達治 訳, 『夜の歌』(第4쇄), 1942.2.10. 구입 1942.8.23, 目白通.

アンドレ ジイド 著, 河盛好蔵 訳, 『コンゴ紀行』(第3쇄), 1941.1.20.

徳富健次郎 著, 『黒い目と茶色の目』, 1943.11.10. 구입 1942.1.30, 牡丹江.

佐藤春夫 著, 『春夫詩集』(第11쇄), 1940.9.15. 구입 1943.2.21, 吉祥寺.

守随憲治 校訂, 『役者論語』(第2쇄), 1941.9.20. 구입 1942.9.3, 目白通.

改造文庫

アンドレ ジイド 著, 佐藤正彰 訳, 『芸術の限界、その他』, 1939.6.13. 구입 1942.4.15,
　　　江古田.

ボードレェル 著, 祖川孝 訳, 『母への手紙』 上, 1939.7.9. 구입 1942.4.29, 伝通寺.

ゴーリキイ 著, 平井肇 訳, 『伊太利物語』, 1936.5.17. 구입 1942.6.5, 椎名町.

ゴーリキイ 著, 杉本良吉 訳, 『エゴール ブルィチョフ』, 改造社, 1937.9.12. 구입
　　　1942.7.26, 伊勢丹.

ゴーリキイ 著, 上脇進 訳, 『随筆』, 1937.3.20. 구입 1942.9.2, 椎名町.

アンドレ ジイド 著, 菱山修三 訳, 『恋をしてみて』, 1938.8.22. 구입 1942.4.30, 江古
　　　田、青山堂書店.

坪内逍遥 著, 『義時の最後』, 1941.7.

グルゼンベルグ 著, 香島次郎, 『天才と創造』. 판권장 훼손.

그 외 일반도서

米川正夫 編, 『露西亜短篇集』(재판), 河出書房, 1936.5.3. 구입 早稲田大学正門前博文
　　　堂書店.

ホワイト 著, 森島恒雄 訳, 『科学と宗教との闘争』, 岩波書店, 1939.8. 구입1942.7.28,
　　　椎名町2丁目.

ジイド 著, 河上徹太郎 訳, 『芸術論』, 구입 1941.12.23, 椎名町.

新城和一 著, 『感想及印象』, 第一書房, 1939.10.20. 구입 1943.1.11, 戸塚. 표지 뒤에
　　　시 초고.

佐藤春夫 編, 『支那印度短篇集』(世界短篇傑作全集6巻), 河出書房. 구입 地久堂書店 牛
　　　込区早稲田鶴巻町大学前通.

吉田絃二郎 著, 『タゴールの哲学と文芸』, 大同館書店, 1916.5.5. 구입 1943.7.5, 立大通.

大島博光 著, 『フランス近代詩の方向』, 山雅房, 1941.3.20. 구입 目白駅前広知堂書店,
　　　1943.5.29.

有島生馬・宮原晃一郎 編, 『南欧北欧短篇集』, 河出書房, 1936.8. 翻訳者代表 山本有三.

トルストイ, 米川正夫 訳, 『戦争と平和』 1～4, 新潮社, 1924.4.25. 世界文芸全集 1927.

ギヨオテ(ゲーテ) 著, 久保正夫 訳, 『ヘルマンとドロテア』(第18版), 新潮社, 1922.7.30.

ホヰットマン・テニスン・ローエル・グリーンリフ・ヰッチャ・ウヲルズヲス・ブライ
　　　アント 著, 内村鑑三 訳, 『平民詩人』(第5版), 警醒社書店, 1919.7.1. 본문 중에

메모 다수. 예, "然り"·"不錯"·"対了"·"是了"·"つつ----一面一面、着."

ツルゲネフ 著, 生田春月 訳, 『散文詩』(新潮文庫99), 1934.3.20.

ハウスマン 著, 土方辰三 訳, 『シロプシアの若人』, 弘文堂書店, 1940.2.20. 구입 1943.
      7.5, 板橋.

アルフォンヌ ドオデェ 著, 竹林無想庵 訳, 『サフォ』, 新潮社. 구입 1943.10.29, 別府.

岡田武松, 『気候学』(제3판), 岩波全書, 1943.7.5. 구입 1943.8.3, 千川畔.

アンドレ ジイド 著, 菱山修三 訳, 『蕩兒帰る他2篇』, 改造社, 1937.6.7. 구입 1942.8.6,
      池袋.

チェーホフ 著, 中村白葉 訳, 『桜の園 / かもめ』, 新潮文庫, 1938.5.28. 구입 1942.4.6.

ニーチェ 著, 竹山道雄 訳, 『ツアラトストラはかく語りき』 上中下(초판), 弘文堂,
      1943.6.25(上中)·1943.10.20(下). 상권에 "18,7,21姜□模君게서"라는 메모.

『東洋と西洋』, 臼井書房, 1942.10.10. 구입 1943.1.8, 池袋.

アンドレ・ビイ 著, 『新興仏蘭西文学—詩・小説・思想』.

イプセン 著, 楠山正雄 訳, 『人形の家』, 新潮文庫, 1939.7.20. 구입 1944.1.30, 牡丹江.

ボオドレェル 著, 三好達治 訳, 『小散文詩』, 山本文庫, 1936.6.27.

白鳥省吾 編, 『昭和詩選』(제31판), 新潮文庫, 1939.7.15.

佐藤義亮 編, 『明治詩歌選』, 新潮社, 1939.7.18.

金素雲 訳, 『朝鮮詩集 前期』, 興風館, 1943.8.12. 鼠害甚大.

平田禿木 訳注, 『英日対照ロビンソン・クルーソー』, 外語研究社(下谷). "もろもろ"나
      "함께"라는 등의 메모 다수.

ヤンコ ラヴリン 緒, 市川白弦 訳, 『超人の悲劇—ドストイエフスキイの生涯と哲学』, ふ
      たら書房, 1940.11.18. 구입 1943.10.15, 館山市.

昇曙夢 著, 『ゴーリキィの生涯と芸術』, 青樹社, 1940.7.20.

平田禿木 訳, 『深き淵よりの叫び ワイルド』, 1932.10.13. 구입 1942.5.24, 早稲田에서.

白鳥省吾 訳, 『ホイットマン詩集』, 新潮社, 1939.9.10.

ジッド 著, 大久保洋 訳, 『プロメテ』, 1932.9.15. 구입 1943.7.5, 板橋.

唐端勝·塩入亀輔 著, 『音楽用語人名辞典』, 学芸社, 1936.2.22. 구입 1943.5.7, 目白
      通, 金井書房.

新関良三 著, 『西洋演劇研究』, 春秋社, 1931.1.12. 구입 1943.1.10, 戸塚町.

小室静, 『世界文学』, 青年群書, 1943.9.1. 구입 1943.10.1, 館山市秋山書店.

中村喜久夫 著, 『ジイド以後—20世紀仏蘭西小説研究』, 金星堂, 1933.6.16.

坂本越郎 著, 『現代ドイツ詩史』, 1941.1.20. 구입 1943.7.16, 江古田.

ジョン バーネット 著, 出隆·宮崎幸三郎 訳, 『プラトン哲学』, 河出書房.

ポォル ヴァレリイ 著, 中島健蔵・佐藤正彰 訳, 『ヴァリエテ』, 1932.1.10.

ウエルズ, 長谷部文雄 訳, 『世界文化史概観』下巻, 岩波新書, 1941.8.15.

春山行夫 著, 『現代世界文学概観』, 新潮社, 1941.7.5. 구입 文泉堂書店.

福原麟太郎 著, 『詩心巡礼』, 研究社, 1924.4.19. 구입 1943.7.31, 目白駅前.

増野三良 訳, 『ギタンヂャリ(歌の祭贄)』, 東雲堂書店, 1915.4.3. 구입 1943.8.6, 立大通.

フロイド 著, 安田徳太郎 訳, 『芸術と精神分析』, ロゴス書院, 1929. 구입 1943.8.11, 椎
        名町.

ボードレール 著, 太宰徹雄 訳, 『巴里の憂鬱 / 人工楽園』, 京文社, 1940.5.5. 구입 1942.
        9.3, 池袋.

ゴーリキー 著, 昇曙夢 訳, 『零落者の群』, 春陽堂, 1932.8.25. 구입 1942.6.5, 椎名町.

ロープシン 著, 長岡義夫 訳, 『青褪めたる馬』, 春陽堂, 1932.11.15. 구입 1942.5.26, 下
        落合에서.

森鴎外 訳, 『仏蘭西短篇集』, 春陽堂, 1932.9.15. 구입 1942.5.30.

田部重治, 『山と随想』, 新潮社. 구입 1944.1.30, 牡丹江.

コム・アカデミー文学部 編, 熊沢復六 訳, 『小説の本質—ロマンの理論』, 清和書店, 1936.
        3.18. 구입 1942.5.26, 下落合.

湯浅芳子 訳, 『チェーホフ・ゴーリキイ往復書簡集』, 1941.7.7. 구입 1942.4.11, 池袋.

『道教思想と支那建築芸術』(伊藤忠太講演), 財団法人啓明会, 1940.6.30. 입수 1943.11.14,
        龍井文化社.

ヴァレリイ 著, 小林秀雄 訳, 『テスト氏』, 創元社, 1941.7.1. 구입 文泉堂書店.

原久一郎 訳, 『ツルゲーネフ全集』, 1943.9.20. 구입 1943.12.8, 間島.

タゴール, 和田富子 訳, 『有閑哲学』, 東京朝日新聞社 1929.9.25.

교과서·참고서·노트·기타

守屋荒美雄 著, 『新選地理』, 帝国書林, 출판연도 미상.

佐藤弘 著, 『中等外国地理』, 東京開成館, 1936.10.17.

『物理—問題と考察を主眼とする』, 1937.10.20.

『会員名簿』, 龍高同窓会, 康徳 8(1941) 現在.

李允宰 編, 『文芸読本』卷二, 1939.5.25. 본인 서명 있음.

『広辞林』(新訂版), 三省堂, 1940.1.20. 구입 1940.3.14.

石川日出鶴丸 著, 『石川生理衛生教科書』(改訂), 1936.2.15.

井上正平, 『英語第五読本講話』下卷, 1941.3.1. 구입 1942.9.6, 池袋.

小野圭次郎 著, 『最新研究英語の作文』, 山海堂出版部, 1928.4. 구입 1943.5.18, 金井書
　　　店, 目白駅前大通.

小野圭次郎 著, 『最新研究英語の熟語−覚え方と見付け方』, 東京山海道出版部. 구입 新
　　　京: 満州冨山房. 권말에 英語教育勅語.

『国民高等学校英語』第三卷, 満州図書, 康徳 10(1943).10.5.

『現代商業簿記』上卷, 開成館. 심연수 사인 있음.

野村益太郎 編, 『現代生物通論教科書』(개정 재판), 東京開成館, 1934.1.30.

『短期必勝受験外国地理の要点』, 欧文社. 심연수 사인 있음. 입수 康徳 7(1940).3.26.

阿部八代太郎 著, 『現代新算術代数』, 東京開成館. 심연수 사인 있음.

宮越健太郎・杉武夫 著, 『支那語教科書会話篇』(改訂版, 15판), 東京: 外語学院出版部,
　　　1937.2.15. "連洙"인 있음. 어학상의 메모 많음.

(노트) 算代 표지에 "東興中学校 間島省龍井 二年B組六番 沈連洙" "昭和十三年四月十五
　　　日金曜日(張河一先生 代数科)"라는 메모 있음.

(노트) 文法 표지에 "東興中学校二年B組六番 沈連洙"라고 명기.

(노트) 幾何 표지에 "三年B組"라는 메모.

(노트) 뒤에 タゴール 著 「創造的統一」(世界大思想全集)을 베껴 쓴 육필 원구가 있음.

제11장

일본에서의 '만주문학' 연구 상황

1. 들어가며

저는 금년 4월 와세다대학을 정년퇴임한 사람입니다만, 이렇게 초청을 해주시고 보고 드릴 수 있는 기회를 마련해 주신 원광대학교 관계자 여러분, 특히 김재용 교수님께 깊이 감사드립니다.

오늘의 보고 제목은 '일본에서의 '만주문학' 연구 상황'으로 되어 있습니다. 이와 관련해서 먼저 말씀드리고 싶은 것은, '만주문학' 연구라는 것이 과연 일본에 존재하는지, 존재하지 않는지, 저는 그것을 알 수가 없다는 점입니다.

2003년 11월 28일, 경기도 안양시의 성결대학교에서 제8차 국제언어문학회가 개최되었던 적이 있습니다. 저는 작년에 처음으로 참가했습니다만, 그 회의석상에서 인천대학교의 오양호 교수가 니시다 마사루西田勝 전 호세대法政大 교수의 보고에 대해 발언을 한 바 있습니다. 오 교수는 니시다 씨가 주재하는 '식민지문화연구회'의 회지会誌를 높이 들어보이면서, 교토京都든가 오사카大阪든가의 모모 교수는, 전전戦前의 대만·'만주'의 일본인 문학을 '해외진출문학'이라고 부르고 있는데, 그것에 비하면 당신들의 사고방식은 그래도 나은 편이라고 생각되긴 하나, 결국은 오십보백보가 아니냐 하는 뜻의 발언을 했습니다.

니시다 씨는, 만주에 이주한 문인들 중에는 노가와 다카시野川隆처럼, 농업합작사農業合作社를 하다가 관동군에 체포되어 옥사한 시인도 있고 해서, 일본인 문인들의 활동을 일률적으로 부정하기는 어렵다고 대답했습니다. 저도 토론자의 한 사람으로서 단상에 앉아 있었습니다만, 이 논의에 관한 한 오양호 교수의 주장도 일리가 있다고 생각했습니다.

일본에서 보통 '만주문학'이라 부르고 있는 것은, 대부분 '만주'라는 땅에서 일본인이 쓴 문학이라고 할 수 있습니다. 연구자의 사상이나 신조 혹은 어떤 분야, 누구의 작품에 주목하느냐 하는 관심의 차이에 따라, 여러 유형이 있긴 합니다만, 일본어로 쓴 일본인의 작품을 다룬다는 공통점이 있기 때문에, 결국은 한 부류라고 할 수 있겠습니다.

지금부터 일본에서의 '만주문학' 연구의 역사와 현상에 대해 말씀드리려고 합니다만, 그 전에 '만주문학'이 도대체 존재할 수 있었는가, 없었는가 하는 문제를 생각해 보고 싶습니다. 좀 더 범위를 넓혀 말한다면, '식민지문화 연구'라는 것이 성립할 수 있는가, 할 수 없는가 하는 문제가 그것입니다.

시험적으로 『이와나미岩波 강좌 근대일본과 식민지』 제6권과 제7권의 목차를 준비했으니 보아주시길 바랍니다. 이와나미라면, 출판계의 왕자로 군림하고 있으며, 제일 권위가 있다고 인정되어왔습니다다만, 최근에는 그 격이 떨어져서, 점잔만 빼는 2～3류 출판사에 지나지 않습니다. 어쨌든 그 이와나미가 '이와나미문화인'들을 동원하여, 전 8권이라는 거창한 모양새로 이 총서를 편찬·집필했습니다.

이 총서의 편자 중의 한 사람인 K씨는 제7권의 머리말에서 이렇게 밝히고 있습니다.

이 책을 통하여, 옛날에 이러저러한 것이 있었다는 사실뿐만 아니라, 일본 근대화의 한 측면으로서의 식민지문화, 문화적 식민주의를 포착할 수 있다고 생각한다. 이 권을 일본 식민지문화 연구의 초석으로 삼고 싶다.

그 의기 충만함이야 장합니다만, 문제가 있습니다.

첫째로, "식민지문화", "문화적 식민주의"를 일본 근대화의 한 측면으로 포착했다고 하는 점입니다. 일본이 식민지를 가졌다는 것을 근대화의 한 측면으로 파악한다는 것은, 근대화에 수반되는 식민지 보유의 역사적 필연성을 긍정하게 되는 것입니다.

두 번째로, 일본의 원래의 식민지문화는, "옛날 이러저러한 것이 있었다는 사실뿐만 아니라" 오늘에 이어지는 것으로 파악하고 있다는 점입니다. 일본의 식민지문화가 현지문화에 어떠한 영향을 미쳤으며, 또한 현지에서 생산한 당시의 식민지문화가 오늘에 이어지는 일본문화에 어떠한 영향을 미치고 있는가를 보려고 하는 것이, 이 사람들의 주요 관심사인 것입니다.

저는 "식민지문화"가 있었다고 한다면, 그것을 일본 근대화의 왜곡으로 보고, 그것을 어떻게 극복하느냐 하는 문제의식이 필요하다고 생각합니다. 분명히 역사는 현대와 단절시킬 수가 없습니다. 식민지문화도 현대 일본으로 이어지는 부분도 있을 것입니다. 당시 일본의 구 식민지에 있었던 식민지문화의 어느 부분을 계승하고, 어느 부분을 부정하느냐, 그것에 대한 철저한 분석이 필수 불가결하다고 생각합니다.

과연 일본의 식민지문화는 존재했었는가, 존재하지 않았는가. 존재했다고 한다면, 그것은 일생을 바쳐 연구하기에 합당한 가치가 있는 것인가, 없는 것인가. 남들은 어떤지 모르나, 저는 "NO"라고 말합니다. 일본인 연구자로서 당연히 한국문학과 일본과의 관계에 대해서도 발언하고 싶습니다. 그러나 일본의 식민지문화가 있었다 해도, 저는 그것을 연구하고 싶은 생각은 없습니다.

'만주문학' 문제도 그렇습니다. 저는 중국 동북 지방에서 '만주'라 불렸던 시기의 각 민족문학, 특히 조선인 문학, 그 전통을 이어 발전하고 있는 중국조선족문학을 연구하려고 생각합니다만, '만주문학'을 연구할 생각은 없습니다.

아니, 보다 정확하게 말한다면, 일본인이 남긴 '만주문학'이라 불리는 것을 연구하고 싶습니다. 그래서 '만주문학'은 허구였다, 환상이었다고 논증하고 싶습니다. 그러나 이렇게 이야기하는 입장은, 일본에서는 이제 소수파가 되어버리고 말았습니다.

이야기가 결론 비슷한 방향으로 흘러가버리고 말았습니다. 오늘 보고의 목적은 오늘날까지 '만주문학'에 대해 씌어진 일본어 문헌을 소개하고 약간의 코멘트를 붙이는 것입니다. 우선 전전과 전후로 나눠 살펴보기로 하겠습니다.

전전의 문헌은 일부 복각·영인된 것도 있고, 동시대의 기록으로서 그 나름대로 귀중합니다. 그렇지만 본 보고에서는 전후, 그중에서도 비교적 근년近年에 가까운 시기에 역점을 두도록 하겠습니다.

2. 1945년 8월 이전의 문학잡지 · 작품 및 평론 · 연구

| 1945년 8월 이전의 문학잡지 · 작품

(1) 『만주문화회통신滿洲文話会通信』, 대련大連 : 만주문화회, 1937.6

'만주문화회滿洲文話会' 기관지, 요령성遼寧省 도서관 29~45호(1~45호 발간).

30호 이후 편집인 이마무라 에이지今村栄治, 발행인 사에구사 아사시로三枝朝四郎, 신경新京 : 만주문화회.

(2) 『만주예문통신滿洲芸文通信』 1-9~2-10(1942.10~1943.10), 12책 람가覽可,

　　장춘(신경)長春(新京)

　　'만주예문연맹滿洲芸文聯盟' 기관지 문화회文話会와 호수号数 연속, 통권 65호,

　　문화회통신文話会通信의 후신, 46~65호 발간.

(3) 『예문芸文』(일문), 1944.1~

　　주예문연맹滿洲芸文聯盟 기관지.

　　만주예문통신滿洲芸文通信→『예문芸文』, 『예문지芸文志』.

(4) 『만주낭만滿洲浪漫』, 장춘長春

　　영인본 있음, 기타무라 겐지로北村謙次郎 중심.

　　① 만영滿映 관계자.

　　② 정부 관계자, 관료.

　　③ 일본 낭만파 동인들 참가. 요코다 후미코橫田文子, 기타무라 겐지로北村

　　　謙次郎, 미도리카와 고綠川貢, 단 가즈오檀一雄, 야스다 요주로保田與重郎,

　　　1910~1981.

　　　가메이 가쓰이치로龜井勝一郎와 1935년 『일본낭만파日本浪漫派』를 창간.

　　　고전론古典論, 민족주의, 반근대주의. "금일 낭만적 세기를 처음으로 경

　　　험한 일본은 일체의 비관悲觀을 걷어차 버리고 비상飛翔한다. 혹 정복이

　　　나 침략을 수단으로 삼는다 해도, 그것은 더더욱 올바르고 아름다운 것

　　　이다"(「두 개의 허망虛妄」).

(5) 『작문作文』, 대련大連

(6) 『북창北窓』, 1939.5~1944.3

하얼빈哈爾濱 도서관, 영인본 있음.

(7) 『만주문예연감滿洲文藝年鑑』

영인본 있음, 연간 대표작 앤솔로지.

① 1집, 1937.10.1.

② 2집, 1938.12.15.

③ 3집, 1939.11.10.

(8) 『만주 각 민족 창작선집滿洲各國民族創作選集』, 창원사創元社

① 1941년도판 일본인 14명, 중국인 4명, 러시아인 2명.

② 1942년도판 일본인 8명, 중국인 6명, 러시아인 2명.

편자 가와바타 야스나리川端康成, 대표, 시마키 겐사쿠島木健作, 기시다 구니오岸田國士, 고정古丁, 야마다 세이자부로山田清三郎, 기타무라 겐지로北村謙次郎.

서문 야마다 세이자부로, 가와바타 야스나리.

진실로 만주문학은, 각 민족작가가 공동의 이념인 건국정신의 체득을 심화해가면서, 이 동아東亞의 신흥국가에, 도의적道義的 문화를 구축構築해 갈 것을 항상 염원하고 있는데, 그것이 세월과 더불어 구체적인 작품 위에 보다 선명하게 나타나고 있다.

　물론, 각 민족의 작품이 제각각의 민족색色을 띠는 것은 당연할 것이다. 그러나 그 민족색은 이 나라의 경우에는, 분열적인 것과는 아무 상관이 없다. 반대로 그것은 이 나라와 그 국토를 사랑하고, 수호하려 하는 집중점을 하나로 하는 빛의 방사放射와 같은 것이며, 혹은 거기에서 발하는 다채로운 광망光芒이라고도 할 만한 것이다.

　여기야말로 만주문학의 전체적인 특이성이 요구되고 있는 지점인 것이다.(2쪽)

　대동아전쟁 이래 만주문학에 있어서의 대동아적 의의 — 만주문학이야말로, 대동아문학의 선구자로서의 길을 가는 것이며, 또한 가지 않으면 안 된다는 것이, 우리 만주 문인들의 주의를 일깨우고 있다. 그것은 만주건국 그것이, 대동아건설의 선구를 이루는 것이었다는 신념과 결부된 것이다.(3쪽)

— 야마다 세이자부로山田淸三郞, 「서序」 중에서

　만주국의 일본계작가의 작품은, 그것을 만주국문학이라 해야 할지 일본문학이라 해야 할지 다소 망설여지는 경우도 있지만, 대체로 상식적인 편의便宜에 따라 판단하고 싶다. 예를 들면, 우시지마 하루코牛島春子 씨의 「여자女」는 만주국잡지 『예문藝文』에 게재되어 이 책에 수록되었고, 일본잡지 『중앙공론中央公論』에 발표된 「복수초福壽草」는 일본의 소설연감에 우리가 편집해 넣었다. 만주국작가 다케우치 쇼이치竹內正一 씨의 「풍속국

가가風俗國家街」도 일본의 『신조新潮』에 게재된 적이 있기 때문에, 일본의

소설연감 속에 넣었다. 예를 더 들면 단 가즈오檀一雄 씨는 현재 일본에 돌

아와 있기 때문에 만주국작가로 보기는 어렵지만, 이 책의 「마적魔笛」은

씨가 만주국 재적 중 『예문藝文』지상에 실었던 작품이었다.

　　　　　　　　　　　　—가와바타 야스나리川端康成, 제2권 「서序」 중에서

(9) 야마다 세이자부로山田淸三郎(『만주신문滿洲新聞』근무) 편, 『일만로日滿露 재만

　　작가 단편선집在滿作家短篇選集』, 도쿄東京 : 춘양당春陽堂, 1940.12.22

(10) 야마구치 신이치山口愼一 역, 『현대만주 여류작가 단편선집現代滿洲女流作家短篇

　　選集』, 대련大連 : 만주일일신문滿洲日日新聞, 1944.3.30

　　중국인 여성 8닝 10편(오영吳瑛 3편).

(11) 시라토리 쇼고白鳥省吾, 『만주개척시집滿洲開拓詩集』, 1940.1

(12) 『만주동화작품집滿洲童話作品集』 제1집, 대련大連 : 만주일일신문滿洲日日新聞, 1940.1

　　일본인 14명.

(13) 『만주농촌민요집滿洲農村民謠集』, 장춘長春 : 만주사정안내소滿洲事情案內所, 1940.12.1

(14) 『만주滿洲의 민요民謠』, 장춘長春 : 만주국통신사滿洲國通信社, 1938.12.25

(15) 야마다 겐지山田健二, 『위안거慰安車』(만주동화집滿洲童話集), 도쿄東京 : 신보사 新報社, 1935.9

(16) 호소다니 기요시細谷淸, 『만몽전설집滿蒙傳說集』, 도쿄東京 : 마루이서점丸井書店, 1936.8.5

(17) 고정古丁, 오우치 다카오大內隆雄 역, 『평사平沙』, 동경東京 : 중앙공론사中央公論社, 1940.8.1

(18) 가와무라 미나토川村湊 감수, 『일본 식민지문학 정선집精選集 만주편滿洲編』 전6 권, 유마니서방ゆまに書房, 2001.10
　① 『우시지마 하루코牛島春子 작품집』
　② 『노가와 다카시野川隆 · 이마무라 에이지今村榮治 · 하나와 히데오搞英夫 작품집』
　③ 『일만로日滿露 재만작품 단편선집在滿作品短篇選集』
　④ 우치키 무라지打木村治, 『빛을 만드는 사람들光を作る人々』
　⑤ 오타키 시게나오大瀧重直, 『유가네 사람들劉家の人々』
　⑥ 히야마 구가오檜山陸郎, 『코자크哥薩克』

(19) 구로카와 하지메黑川創 편, 『'외지外地'의 일본어문학선, 만주 · 내몽고 · 사할 린』, 신주쿠서방新宿書房, 1996.2.29

(1) 오우치 다카오大內隆雄(본명 山口愼一, 1907년생), 『만주문학 20년』,

　1944.10.5, 470쪽 남짓

　18장 만계滿系문학사의 전망, 20장 1942년 이후의 개황概況

　　대정 10년, 필자가 장춘長春으로 이사를 한 뒤로, 햇수로 24년이라는 세월이 흘렀다. 필자는 그 후, 상해上海, 대련大連, 봉천奉天 등지에서 살다가 쇼와 10년에 다시 신경新京으로 돌아왔는데, 그 사이에도 끊임없이 만주문학과 관계를 갖고 있었다고 해도 무방할 것으로 생각한다. 본서는 이 기간 동안, 만주문학을 중심으로 한 나의 추억을 기록한 것이다. 또 만주 신문학 측면사側面史를 위한 자료도 제공하려고 한 것이며, 한편으로는 읽을거리로서의 측면도 생각한 것이었다. 그리고 제1장부터 제10장까지는, 강덕康德 9년의 1월부터 10월까지 잡지『예문藝文』에 연재한 원고에 약간의 수정을 가한 것이다. 제11장 이후는 강덕 10년 1~2월 사이에 썼다.

　　　　　　　　　　　　　　　　── 오우치 다카오大內隆雄,「자서自序」중에서

(2)『만주문학연구』, 1940.5.2

　편집소 만주낭만편집부滿洲浪漫編輯部, 편집인 기타무라 겐지로北村謙次郎.

　　만주국의 민족구성으로부터 일만日滿 양 민족의 다수 총체가 유력한 분자分子이며, 문학에 있어서도 양자의 합성合成과 협화協和 없이 만주문학은 성립될 수 없다. 현재 거론되고 있는 일계문학日系文學, 만계문학滿系文學이라는 언어는 무엇을 의미하는가. 이것은 만주문학의 유니크한 형태로서, 양자는 마치 자동차의 두 바퀴처럼 회전하여 만주문학이라는 개념을 형성하고 있는데, 기본적인 이념은 단 하나, 즉 건국에 참여하는 새로운 시도이며, 또한 협력하려 하는 운명적 공동감共同感이다. 우리는 일본인임과 동시에 만주국인이기도 하다. 전자는 혈액의 무상명법無上命法이며, 현실이며 역사이기도 하다. 후자는 꿈이며, 이상이며, 동시에 만주국적 이념이다.

— 하세가와 준長谷川濬, 「건국문학사론建國文學私論」 중에서

(3) 「식민지문학의 재검토」, 『만주문예연감』 제1집, 1937.10

토착성 강조라는 특성이 있다.

무엇 때문에 우리는 만주에 존재하며 생활하고 있는 것인가, 하는 명제는, 우리 재만 일본인에게 있어서는 모든 경우에 필요함과 동시에, 그것은 문인의 경우에도 역시 필요불가결한 의식일 수밖에 없다.

그런데 나의 식민지문학이라 할까, 만주문학이라는 것도, 실인즉 이 명제에서 출발한다. 때문에 그것은 관동주關東州를 포함하여 만주에서 생활하고 있는 재만 일본인의 문학을 가리키는 것이지, 조만한몽朝滿漢蒙 기타 인종이 각각의 언어로 영위하는 문학이 아니라는 것은 설명할 필요도 없다. 그런데, 개중에는 왕왕 공식론公式論에 사로잡혀서, 만주라 하면 곧 만주국이라고 이해하는 이도 있으니, 일단 만주는 만주국이라는 뜻이라고

해두기로 하자.

　어쨌든, 식민지문학이란 것은, 일반적으로는 식민지 정책에 기조를 둔 문학인 것으로서, 식민지는 단순히 본국의 과잉인구의 탈출구에 그치는 것이 아니라, 그곳에 산업, 경제, 군사 시설 기타 모든 문화를 건설하고, 나아가 이식민移植民의 토착정신을 배양하는 한편, 기정旣定의 토착민중을 지도하고 향상시킬 임무 내지 사명이 부과되어 있으며, 동시에 그것은 일시적인 정책에 그치는 것이 아니라, 영구적인, 때로는 침략 점거의 의미까지 부가附加되어 있는 경우도 있다는 것은 새삼스럽게 설명할 필요도 없다.

— 니시무라 신이치로西村眞一郎,

「식민지문학의 재검토—식민지문학의 일반론으로서」 중에서

(4) 야마모토 겐지로山本謙次郎, 「재만 선계 예문계在滿鮮系藝文界의 작금昨今」, 『국민문학國民文學』, 1945.2

　야마모토山本가 조선인이라는 증거 : "선계鮮系작가는 외치고 있다. 만주의 작가 제형諸兄 여러분. 쓸데없는 불평이나 우치愚痴는 절대로 하지 않을 테니, 부디 동료로 넣어주십시오"(위의 책).

① 이마무라 에이지今村榮治, 「동행자同行者」, 『만주낭만滿洲浪漫』 제1집(1938 가을), 신경新京.

② 아오키 레이기치青木黎吉, 「부운浮雲」, 『만주낭만』 제2집

③ 고석기高石麒, 「선계작가鮮系作家로부터」(미발견), 『만주신문滿洲新聞』(1937).

④ 오카모토 소슈岡本宗秀, 「조선문학의 성격 1~3」 자료집 1, 『만주일일

신문滿洲日日新聞』(1941.8.29~31).

⑤ 안수길安壽吉.

⑥ 김화순金華淳, 「선계작가鮮系作家에게」(미발견), 『만주일보滿洲日報』(1943).
야마모토 겐지로山本謙次郎 : "우선 우리 문인들 가운데에서 번역(조선
어→일본어)을 주업主業으로 하는 우수한 사람(大內隆雄 씨 처럼)이 태
어나지 않으면 안 된다"(안수길의 작품을 지목한 발언 – 인용자).

⑦ 지야마 세이소千山靑松, 「만주조선문학에 대한 관견管見」, 『만선일보滿
鮮日報』(일문).

⑧ 고센다니 가오루小千谷馨, 「재만 선계鮮系문학자에의 격檄」, 『만선일보』
(일문).

⑨ 야마모토 겐노스케山本絃之介(봉천奉天), 「일체一體의 사석捨石」, 『여성만
주女性滿洲』, (1943.10(일문)); 「유부婦婦는 왜 화가 났나」, 『월간만주
月刊滿洲』, (1944.6(일문)).

⑩ 보쿠이와 게카이朴岩月海(조란현舒蘭縣).

⑪ 다카야마 하쿠하高山白波(흑하黑河).

⑫ 야마모토 겐타로山本謙太郎(봉천), 심양瀋陽.
위의 ⑩, ⑪, ⑫의 '선계鮮系'가인歌人 3명이 만주가인협회滿洲歌人協會 간
『연간가집年刊歌集』 제4집(1944)에 섞여 있음.

**(5) 야마모토 겐타로山本謙太郎, 「만주의 반도인 예문藝文의 동향」, 『국민문학國民文
學』, 1944.9, 3쪽**
음악·연극·문학.

조선어 : 염상섭(安東), 윤백남(間島), 안수길.

일본어 : 이마무라 에이지今村榮治, 오타키 시게나오大瀧重直.

(6) 기타

① 아오키 미노루青木實, 「'滿人もの'에 대하여」(『신천지新天地』 12-1, 大連 : 新天地社, 1932.1.1).

② 아오키 미노루, 「만주작가의 경우」(『신천지』 19-1, 1939.1).

③ 모리시타 다쓰오森下辰夫, 「만주문학의 이념」(『신천지』 19-11, 1939.1).

④ 요시노 하루오吉野治夫, 「만인滿人작가의 의욕과 스타일 – 만인滿人소설 집「원야原野」의 해부」(『신천지』 19-11, 1939.11).

⑤ 미야이 이치로宮井一郎, 「만주작가에의 과제」(『신천지』 20-2, 1940.2).

⑥ 미야이 이치로, 「만계・일계滿系・日系작가와 내지內地작가」(『신천지』, 1940.5).

⑦ 오카다 사부로岡田三郎, 「만주문학에 대하여」(『신조新潮』 1940.4).

⑧ 하야시 후사오林房雄, 「만주작가의 소설」(『문학계文學界』, 1940.4).

⑨ 미야이 이치로, 「만주문학과 기관지 통합문제」(『신천지』, 1940.6).

⑩ 야마다 세이자부로山田淸三郎, 「문화회文話會의 개편과 만주문화文化운동 의 문제」(『신천지』, 1940.8).

문화회의 회원 확대 4백 몇십 명. 이 1년 사이에 2백 증가.

⑪ 오사키 류大崎龍, 「만주문학 통신」(『문학계』 7-5, 1940.5).

3. 1945년 8월 이후의 '만주문학' 연구

(1) 오자키 호쓰키尾崎秀樹, 『구旧식민지문학의 연구』, 경초서방勁草書房, 1971.6.30
대만에서 귀국. 조르게 사건, 호쓰미秀實의 동생. 『근대문학의 상흔傷痕』
(1961).

나는 대만에서 태어나 대만에서 자랐으며, 패전 후에 일본에 돌아온 대
만 2세다.(329쪽)

나는 전쟁 중, 스파이의 동생으로서 일반인으로부터 백안시를 당했던
적이 있다. 조르게 사건이라는 기괴한 정치적 사건과 관련하여 이적 행위
를 했다는 이유로 교수형을 당한 형(오자키 호쓰미尾崎秀實) 문제가, 다짜
고짜 우리 가족의 삶에도 닥쳐와 우리는 쌀독 속에 숨어 있는 듯한 느낌
으로 매일을 보냈다.

그것이 동경이었다면, 오히려 견뎌내기 쉬웠을지도 모른다. 남진南進기
지가 된 식민지 대만에서 일어난 일이었기 때문에 더더욱 우리는 이중으
로 소외되게 되었다.

급조된 애국자들이 매일처럼 협박장을 보내왔다. 거기에는 "죄를 천하
에 사죄하고 부자父子가 같이 자결해 버려라"는 혹독한 문구가 열거되어
있었다.(330쪽)

당시의 내 기분을 솔직히 고백한다면, 나도 다른 일본인처럼 야스쿠니신사靖國神祠에 참배할 수 있을 정도의 자격을 갖고 싶다는 것이었다.

전후세대에게는 이런 의식이 난센스라고 생각될 지도 모른다.

그러나 황국을 위해 순직하는 것만을 목적으로 교육받은 세대의 자식이었던 나에게는, 이것은 절실한 소망이었다. 나는 "천황폐하 만세" 하고서는 죽어가는 이들이 부러웠다.

나도 하다못해 그런 식으로라도 죽고 싶었다. 그러나 그것이 나에게는 허락되어 있지 않았다.

오키나와 작전이 시작된 지 얼마 안 되어, 우리는 20세가 안 되었음에도 불구하고 군軍에 동원되어, 연안 경비에 배치되었다.(331쪽)

죽창을 든 급조急造 이등병이다. 군대라면 '비국민'·'매국노'라는 비난은 받지 않을지도 모른다는 기대는 배신당했다. 나는 오히려 상관과 고참병으로부터 지독한 학대를 받았다.

그들도 매국노의 동생을 혼내주고 있으면 대의명분이 선다. 나를 벌하는 것이 그대로 애국심으로 직결되는 것이다. 나는 군대라는 기구가 결국 사회의 축소판에 지나지 않는다는 사실을, 진저리날 정도로 깨닫게 되었다.

8월 15일에는, 나는 오전부터 공용외출로 부대 밖에 나가 있었다.

거기서 옥음玉音방송을 들었던 것인데, 급거 예정을 변경해서 귀대하여, 그 사실을 부대 안에 두루 알렸더니, 지휘반장의 호출이 있었다. 불려가서는 제대로 설 수도 없을 정도로 두들겨 맞았다.

그 당시 지휘반장의 형상은 끔찍한 것이었다. 형제가 똑같이 매국적인 행위를 한다고, 송충이라도 짓밟아 으깨는 듯한 기세였다.

그날 저녁 무렵, 나는 또 지휘반장에게 불려가, 부대 내에 있는 중국인 학생(이미 지원병 제도에서 징병제로 바뀌어 있었다)들 사이에 불온한 행동이 보인다, 너는 중국인 사이에 신망이 있는 듯하니 접근해서 그것을 정탐해 보고하라는 것이었다.

나는 잠시 생각한 뒤 그것을 거절했는데, 나를 억눌러 왔던 일본의 군대-사회의 무게가 그때 갑자기 가볍게 느껴지기 시작했다.

그때만큼, 일본인이라는 내 자신을, 오체五體 구석구석까지 느낀 적은 없었다. 나는 일본인이기 때문에 그 명령을 거부한다는 논리가, 그때 나의 마음속에서, 겨우 머리를 내밀고 나왔던 것이다.(332쪽)

중국인 학생, 즉 대만 출신의 학도병 중에는, 은밀히 손문孫文의 삼민주의三民主義 등의 연구회를 부대 내에서 조직하고 있는 이들이 있었다.

나는 그들의 동태를 그 정도까지는 알고 있었지만, 알고 있었기 때문에 더더욱 상관의 명령을 거부해야겠다는 오기가 들었던 것이다.

식민지 2세인 나에게 일본이라는 나라는 언제나 저 멀리에 있었다.(333쪽)

만주국이라는 위국가僞國家가, 일본 파시즘의 대륙 침략의 이정표였다는 의미에서라도, 우리는 그 역사의 상처를, 스스로의 손으로 정리하고, 화흔禍痕의 발자취로서 기록해 둘 필요가 있다.

나는 어찌 보면 금일의 제 상황과 무관하다고 생각될지도 모르는 「만주문학연표」의 제작 행위를 통하여, 일본인으로서의 깊은 자성自省을 표

현하고 있는 것이다. 결코 노스탤지어 따위로 그런 것에 손을 대고 있는 것이 아니다. (335쪽)

—「너무 늦은 발언」 중에서

(2) 가와무라 미나토川村湊(본명 川村正典), 『이향異鄕의 쇼와문학昭和文學―'만주'와 근대일본』, 이와나미岩波, 1990.10.19

　　내가 여기서 말하고 싶은 것은, 쇼와시대에 만주라는 지역에서 씌어진 문학, 즉 소위 '만주문학', 만주 및 그 주변을 무대로 거기에서 뭔가 관계를 맺은 사람들을 등장인물로 한 문학작품, 만주라는 토지, 풍토, 주민을 거주자 혹은 여행자로 기록·창작한 작품, 그리고 그러한 문학작품에 대해 논평한 비평, 연구 작품, 즉 '만주에 관한 문학'(이를 광의의 '만주문학'이라고 부르기로 한다)에 대해서다.

　　물론, 만주가 '오족협화'를 슬로건으로 한 이상, 보다 넓은 의미에서의 '만주문학'은 중국어, 한국어, 러시아어, 몽고어 등으로 씌어진 문학도 포함한 것이어야 할 것이나, 여기서는 필자 자신의 능력과 관련된 사정도 있고 해서, 일본어로 씌어진 것에 국한하지 않을 수 없다.(21~22쪽)

—「'만주문학'이라는 꿈」 중에서

(3) 야마다 게이조山田敬三·여원명呂元明 편, 『십오년전쟁十五年戰爭과 문학―일중日中 근대문학의 비교 연구』, 농방서섬東方書店, 1991.2.25

　① 여흠문呂欽文(길림성사회과학원, 중국문학), 「동북 윤함시기淪陷時期의 문학 개술槪述」.

② 김훈민金訓敏(길림대학, 중국문학), 「신소설의 예술적 특색과 심미적 가치」.

③ 김환기(흑룡강대학, 일본문학), 「동북 윤함기淪陷期의 하얼빈 문단」.

(4) 쇼와문학회, 특집 '쇼와문학과 아시아', 『쇼와昭和문학연구』 제25집, 1992.9

니시하라 카즈미西原和海 논문은 상당히 치밀하다.

(5) 스기노 요오키치杉野要吉 편, 『'쇼와昭和'문학사에 있어서의 '만주'문제』

① 제1권, 1992.7.24.

② 제2권, 1994.5.31.

③ 제3권, 1996.9.1.

본서에서는, 앞 책에 이어 '만주'를 무대로 한(혹은 '만주'와 관련성을 갖고 있는) 일본문학의 제 문제 및 작가·작품론을 다룸과 동시에, 입학해 온 중국 유학생과 북경에서 온 유학생이 참가한 새로운 조건 속에서, 전시하에 출판되었던 중국 동북부의 번역소설집을 읽고, '14년 전쟁'기에 나온 중국 동북작가의 작품에도 공동으로 접근·토의를 했다. 또한 내가 장춘長春에서 만나, 신세를 진 바 있는 길림대학 중문계中文系 김훈민金訓敏 교수의 윤함기淪陷期 동북문학에 관한 연구논문 한 편과, 아직 일본어 번역이 없는 소설 2편의 번역을, 두 명의 중국인 유학생에게 부탁해서, 그것들을 세미나에서 읽고, 더 나아가 그 작품들을 이곳에 게재할 수가 있었다.

― 스기노 요오키치杉野要吉, 『'쇼와昭和'문학사文學史에 있어서의 '만주滿洲'문제問題』 제2권, 「머리말」 중에서)

(6) 『근대 일본과 식민지』 7, 이와나미강좌岩波講座, 1993.1.8

(7) 일본사회문학회 편, 『식민지와 문학』, 오리진출판센터, 1993.5.10

　① 가와무라 미나토, 「'만주문학' 연구의 현상現狀」.

　② 여원명呂元明, 「동북 윤함기淪陷期의 항일사상 문화 투쟁」.

　③ 양산정梁山丁, 「동북 향토문학, 주장과 그 특징」.

　④ 빙위군馮爲群, 「양산정梁山丁과 그 항일문학 작품」.

(8) 니시다 마사루西田勝 퇴임 · 퇴직기념문집 편집위원회, 『문학 · 사회로, 지구로』,
　　1996.5

　여원명呂元明, 양산정梁山丁, 의지疑遲.

　　어떤 의미에서라도 '사회'를 묘사하지 않는 문학은 존재하지 않는다.
그러나 특히 근대일본문학사에서 기회가 있을 때마다, 이 말이 발음되어
온 데에는 필연적인 역사적 · 구조적 이유가 있다. 그것이 무엇인가 하면,
근대일본문학이 성립한 이래, 그 내부에 비정치적 · 비사회적 경향이 하
나의 무거운 지병持病으로서 자리하면서, 그것을 통한 문학의 쇠퇴 현상
이 주기적으로 발생하기 때문이다. 물론 그러한 경향은 문학계에만 국한
된 문제가 아니다. 그것은 '사회'로 이어지는 통로가 존재하지 않는 일본
적 자유주의 혹은 일본적 개인주의가 문학세계에 반영된 결과다. (10쪽)
　　　　　─ 니시다 마사루西田勝, 「'사회문학'이란 무엇인가」 중에서

(9) 가와무라 미나토川村湊, 『만주붕괴-'대동아문학'과 작가들』, 문예춘추文藝春秋, 1997.8.30

(10) 가와무라 미나토川村湊, 『문학으로 보는 '만주'』, 요시카와고분칸吉川弘文館, 1998.12

(11) 오무라 마스오大村益夫・호테이 도시히로布袋敏博, 『구舊'만주'문학 관계자료집』
① 『만주일일신문滿洲日日新聞』・『경성일보京城日報』, 오무라연구실大村研究室, 2000.3.
② 한문・중문・일문, 녹음서방綠陰書房, 2001.3.30.

'만주'문학은 한어(중국어), 일본어, 한국어, 러시아어 등으로 씌어 졌다. 몽고인이 생활하고 있는 이상, 몽고어문학도 있을 법하나, 편자 의 능력은 거기까지는 미치지 못한다. 일본어, 한국어로 씌어진 문학 을 '만주'문학 속에 넣어서는 안 된다는 생각에도 일리는 있다. 그것은 밖에서 이주해 온 이들의 문학이기 때문이다. 그러나 한국어문학은, 해방 후 중국조선족문학으로서 중국에 정착되었기 때문에, '만주'시대 의 한국어문학은 윤함기淪陷期 동북문학의 일익을 담당하는 것으로 보 아도 좋을 것이다. 일본인이 쓴 일본어 문학은 식민자의 문학이므로, 중국문학의 일부일 수는 없다. 어디까지나 일본문학에 지나지 않는다.

그러면서도, 동일시기에, 동일한 정치 체제하에 놓여 있던 동일 지역 의, 각 민족문학은 본질적으로는 이질적이면서도 상호 관련성 역시도 갖고 있었다. 그것이 협조이건 무시이건, 찬동이건 반발이건 간에, 그것은 관련성을 갖고 있다고 할 수 있다. '만주'국은 허구였으나, '만주'라 불려진 지역에서 살아간 그 시대의 각 민족은 문학을 — 긍정・부정적 부분이 포함된 — 생산해냈다. 편자는 '오족협화五族協和'를 긍정하는 것은 아니나, '만주'라 불리던 시기와 그 지역의 각 민족문학의 실태를 명백히 밝히고, 한 번쯤은 당시 상황을 재구성하고 나서, 그 후에 이에 대해 역사적 현창顯彰과 비판을 가하는 것이 바람직하지 않을까, 이렇게 생각한다.

편자의 주요한 관심은, 재'만' 조선인이 한국어로 쓴 문학작품이다. 그것은 한국문학의 일부로 간주하는 것도 가능할 뿐만 아니라, 중국조선족 문학의 역사적 단계의 하나로 간주할 수도 있다. (…중략…)

현재 남아 있는 문헌에 한정해서 보면, 양적으로 가장 많은 것은 식민자・일본인이 전개한 문학 활동이다. 그것은 중국문학 측에서 본다면, 굴종을 강요한 침략자의 문학이므로 그 가치를 인정할 수 없을 것이나, 쇼와문학의 일환으로서 구식민지의 문학이라는 의미에서는 연구대상이 될 수 있다. 이 영역에 대해 언급하는 일본인 연구자도 몇 명인가 나와 있다. 그러나 그 논저 중에 취급되고 있는 것은, 일본어 단행본이든가, 기껏해야 문학잡지 등에 머물러 있는 수준이어서, 신문까지는 시선이 미치지 않고 있다.

이번에 구'만주' 문학 관계 자료집 제1집으로서, 『만주일일신문』과 『경성일보』를 다룬 이유에는, 그런 결함을 보완하자는 의미도 늘어 있다. 허나 이 자료집이 갖고 있는 의미는 이것 만에 국한된 것은 아니다. 자료집을 보면 알 수 있듯이, 이 두 개의 일본어 신문에는, 한국 문인들이 다수

기고하여 '만주'에 대해 발언하고 있을 뿐만 아니라, 고정古丁, 작청爵靑을 비롯한 수많은 중국 문인들도 집필하고 있다. 그들이 혹독한 상황 속에서 필사적으로 발버둥치고 있는 모습을, 우리 독자는 알 수 있다.

—「머리말」 중에서

(11) 오카다 히데키岡田英樹, 『**문학으로 보는 만주국의 위상**』, **겐분출판**研文出版, 2000.3.31

제1부에서는 재만 일본인 작가의, 만주국문학을 둘러싼 이데올로기 대립과 문예운동, 문예 정책의 전개를 다룬다. 그런 토대 위에서 중국인 작가가 그 운동, 정책에 어떤 식으로 협력하고 또한 저항했는가를 개관한다.

제2부에서는, 상기의 틀 안에서 중국인 작가가 행한 문학 활동을 고찰한다. 작품분석을 할 때는, 당시의 구체적인 사회 상황과의 관련성 속에서 고찰하려고, 가능한 한 노력한 셈이다. 또한 일본인과의 관련성, 교류에 대해서도 지면을 할애하여, 일본과의 접점을 부각시키려고 배려했다.(4~5쪽)

제3부에서는, 만주국내, 재만 중국인에게만 집중되어 온 시선을 바꿔서, 밖에서 보는 시선으로 만주국문학을 조감했을 때, 무엇이 보이는가 하는 과제를 추구했다. 만주국문학의 상대화라고도 할 수 있겠다. 충분하게는 전개할 수 없었으나, 대동아문학자 대회라는 국제무대에, 만주국 대표들을 세워보았을 때, 그 개성을 압살한 모범적 언동은, 전체 속에서 매우 두드러진 것이었다. 그러한 행동을 낳게 한 배경을 탐색해 본다.(5쪽)

마지막으로, 중국어 작품을 가장 열심히 번역한 인물이었던 오우치 다카오지룽隆雄를 다루면서, 그가 중국인을 보는 시선과 그를 보는 중국인의 시선을 교차시킴으로써, 절망적이라고 할 수 있는 양자 사이의 현격한 거리를 부각시키고 싶다.(5쪽)

— 오카다 히데키, 『문학으로 보는 만주국滿洲國의 위상』 중에서

(12) 스기노 요오키치杉野要吉 편, 『교쟁交爭하는 중국문학과 일본문학－윤함하淪陷下 동북東北 1937~45』, 삼원사三元社, 2000.6.15

(13) 『사회문학社會文學』

본회는 일본의 사회와 문학의 관계, 사회문학의 조사와 연구를 추진함과 동시에 회원 상호간의 교류와 친목을 도모함을 목적으로 한다.

① 창간호, 1987.6.1, 연간.

② 4호, 1990.7.10. 사와 도요히코澤豊彦, 「한恨과 저항의 시인－김지하와 이노우에 히데아키井上英明」가 최초.

③ 7호, 1993.7.30. 사무소 7호까지 니시다연구실.
   권영민, 「나카니시 이노스케中西伊之助와 1920년대 한국계급문학」.

④ 9호, 1995.7.1. 오영령吳英玲, 「일로전쟁 그 후－한국의 경우」; 가와무라 미나토川村湊 「식민지문학 연구의 현상現狀」.

⑤ 11호, 1996.7. 이수경李修京, 「한국문학에 있어서의 페미니즘」.

⑥ 17호, 2001. 신인섭申寅燮, 「해협海峽에서 보는 한국의 근대문학－「만세전」을 중심으로」; 이즈 도시히코伊豆利彦, 「조선전쟁과 일본문학－「기념비」, 「현해탄」, 「풍매화風媒花」」.

(14) 『식민지문화 연구』

    ① 1호, 2002.6.15.

    ② 2호, 2003.7.1.

    식민지문화연구회 회칙 제2조

    본회는 근대 일본이 일찍이 식민지화했던 국가나 지역에서 생긴 문화 연
    상 및 그것들과 일본 국내외 문화 현상과의 교섭에 대한 조사와 연구를
    하며, 동시에 회원 상호의 교류와 친목을 촉진하는 것을 목적으로 한다.

(15) 오무라 마스오大村益夫, 『중국조선족문학의 역사와 전개』, 녹음서방綠陰書房,
    2003.3.31

(16) 기시 요오코岸陽子, 『다시 읽는 '만주'문학』, 도쿄신문東京新聞, 1999.8.13

(17) 『중국 동북 윤함기淪陷期문화 세목細目』, 예정

(18) 사에구사 도시카쓰三枝壽勝, 「만주의 한국문학」, 『경희문선』 3, 1977(한글)

(19) 채훈, 「한국 현대소설에 있어서의 간도(만주)체험에 대하여―1945년까지의
    작품을 중심으로」, 『조선학보朝鮮學報』 제118집, 1986.1

(20) 오카다 히데키岡田英樹, 「'만주국' 문예의 제상」, 야마모토 유조山本有造 편,
    『'만주국'의 연구』, 녹음서방綠陰書房, 1995.4

(21) 무라타 유코村田裕子, 「'만주국'문학의 일측면—문예성경상文藝盛京賞을 중심으로」, 야마모토 유조山本有造 편, 『'만주국'의 연구』, 녹음서방綠陰書房, 1995.4

(22) 니시다 마사루西田勝, 「식민지문학의 역설—일본식민지하의 '만주' 대만문학의 비교」, 성결대학교, 2003.11.28

4. 맺으며

이상으로 일본 및 구'만주'에서 나온 '만주문학' — 일본어로 씌어진 — 에 관한 저작물들을 1945년 8월 이전과 이후로 나눠 일별해보았습니다. 이 과정에서 도출導出된, '만주문학'에 대한 일본의 관심, 그것의 현주소를 몇 가지로 나눠 정리해보면 다음과 같습니다.

① 오자키 호쓰키尾崎秀樹가 「'만주'에 있어서의 문학의 종종상種種相」이라는 논문을 『문학文學』에 발표한 것은 1966년 2월이었습니다. 1945년부터 21년이라는 세월이 흐르는 사이에 '만주문학'을 취급한 연구자는 전무했던 것이지요.

식민지문학에 대한 오자키의 대응 자세 속에는, 대만에서 성장한 그의 생활체험과, 전시 중 '국적國賊'의 동생으로서 일본 파시즘사회로부터 이단시되어 온 체험이 농후하게 뿌리내리고 있습니다. 이러한 실제 체험에 근거를 둔 연구는 그 후 나온 바가 없으며, 이후에도 나올 가능성은 없습니다. 안타깝게도 오자키의 주된 연구대상은 대만이며, 한반도와 '만주'는 부수적입니다. 그것도 일본어 작품에 한정되어 있지요. 그러나 식민지에 있어서의 문학을 근대문학의 상흔으로 포착하는 인식방법은, 현대에 계승되지 않으면 안 된다고 생각합니다. 그러나 오자키는, 오늘날의 일본에서는 완전히 과거의 인간이 되어버리고 말았습니다.

② 일본에서는 일반적으로 '만주문학'을, 일본어로 창작된 작품 — 그 압도적 대다수는 일본인 작자가 쓴 것 — 에 한정시켜 논하고 있습니다만, 그것은 쇼와문학사의 일환이 될 수는 있어도, '만주문학' 연구는 될 수 없다고 생각합니다.

③ '만주국'은 '오족협화五族協和'를 슬로건으로 하는 다多민족국가였으나, 오족이 협화해서 하나의 문학을 구성한 것은 아니었습니다. 정치적 규제는 어느 정도 공유하고 있었으나, 문학의 실체는 각 민족 단위의 이질적인 종종상種種相을 노정露呈하고 있었습니다. 각 민족문학은 각각 개별적인 세계에서 생존하고 있었기 때문에 상호 간의 교섭은 거의 없는 상태에 있었다고 할 수 있습니다.

④ 일본의 패전과 더불어 중국 동북 지방, 즉 구'만주' 땅의 일본문학은 소멸했습니다. '만주'시대에, 동북 지방에 별치別置된 감도 있었던 한족漢族문학은 그 별치라는 벽을 걷어치우고 원래의 한족문학의 전체상을 복원했지요. 뿐만 아니라, 조선족·몽고족의 문학은 중국의 소수민족문학으로서 지속·발전하여 중국 동북 지방에서 생존하고 있습니다.

일본의 경우에는 '만주문학'이란 것은 존재하지 않았습니다. 존재한 것은 '만주' 체험을 소유했던, 혹은 '만주'와 관련성을 가졌던 일본 문인의 활동뿐이었다고 할 수 있습니다. 접근방법상의 차이는 있으나 이 방면에 대한 연구는 근래에 상당히 진척되고 있는 중입니다.

⑤ 요즘은 국제문화 교류라든가 현대사회의 지구화地球化 물결을 타고 각국 연구자들 간의 인적 왕래가 빈번해졌지요. 일중日中, 일한日韓, 일대日台의 문학 심포지엄이나 비교문학 연구 등도 상당히 활발하게 행해져 왔습니다. 그것 자체는 좋다고 하겠습니다만, 오자키 호쓰키의 경우에서 볼 수 있는 부負의 유산에 어떻게 대처할 것인가 하는 의식은 희박한 것이 아닌가 생각됩니다.

⑥ '만주문학'은 흔히 "일계日系와 만계滿系"가 "자동차의 두 바퀴"를 이루고 있다고 일컬어져 왔습니다. 그것은 전선戰前에도 선후에도 변함이 없습니다. 현재에도 그러한 인식이 압도적 다수를 차지하고 있습니다. 조선인韓人 문학은 일본에서는 거의 무시당해 온 것이지요.

⑦ 근래에 들어 한국의 연구자들이, 역시 여러 가지 다양한 뉘앙스를 소지한 채, '만주' 시대의 조선인 문학에 접근하고 있습니다. 각 연구자가 그 나름의 성과를 올리고 있다고 생각합니다. 그런데, '만주' 시대의 조선인 문학을 본국의 밖에서 전개된 한국문학의 성과로 본다는 점은 일치하지만, 공통적으로 중국조선족문학에로의 계승 방면을 소홀히 하고 있는 점도 눈에 띕니다.

⑧ 일본에서 '만주문학'이라 하면, 실질적으로 거의 만주 주재 일본인 문학을 지칭한다는 것은 수차 논해 온 바대로입니다. 오카다

히데키岡田英樹나 기시 요코岸陽子 등의 중국문학 연구자가 중국인이 중국어로 쓴 '만주문학'을 연구하고 있는 것은 예외적 현상입니다. "자동차의 두 바퀴"라고는 했으나, 일본인의 문학적 관심도나 당시 국가권력 중추와의 거리문제로 볼 때, 일·중은 실은 대등한 "자동차의 두 바퀴" 관계는 아니었다고 할 수 있습니다.

⑨ 일본은 구'만주'의 항일 빨치산지구의 문학에 대해 전혀 무관심합니다. 한국도 기본적으로는 동일하지 않은가 생각됩니다. 채훈, 오양호, 김열규, 허세욱, 이명재, 조규익, 소재영 등의 인재들도, 항일 무장투쟁 과정 속에 존재했던 '만주문학'에 대해서는 관심이 희박한 것으로 보입니다.

좀 더 대담하게 말한다면, 저는 해방 전의 한국문학은 세 개의 지역으로 나눠 검토해야 마땅하다고 생각합니다. 첫 번째는 본국, 즉 일본의 식민지 지역의 문학입니다. 두 번째는 '만주'의 일본 지배구역의 문학입니다. 이것은 『만선일보滿鮮日報』나 기타 만선일보사滿鮮日報社 간행물 등이 그 중심을 이루고 있을 것입니다. 세 번째가 일본의 지배력이 미치지 못했던, '만주'의 항일 빨치산지구 문학입니다.

이 세 개의 기둥 중, 어느 하나가 빠져도 한국문학은 성립되기 어려운 것이 아닐까, 이렇게 생각합니다. 조선민주주의 인민공화국은 '만주'의 항일무장투쟁 과정에서 생긴 문학을 자국 문학사의 중심에 두고, 본국의 문학은 그 영향 아래에 전개된 문학이라고 보고 있습니다. 이러한 문학사 서술이 적절한가의 여부는 북한문학 전문가 김재용 교수에게 듣지 않으면 알 수 없을 것이지만, 이 제삼의 기둥을 완전히 무시하고서는 한국문학사는 성립될 수 없을 것이라고 저는 생각합니다. 그것은 북한문학을 제외하고 한민족문학을 논하는 것과 마찬가지라고 할 수 있는 것이 아닐까 싶습니다.

『식민주의와 문학』 출간에 부쳐

김재용[*]

2004년 봄 벚꽃이 활짝 핀 원광대학교로 오무라 마스오 교수님이 오셔서 학생들에게 특별 강연을 하였다. 그해는 오무라 선생님이 오랫동안 재직하던 와세다대학을 떠나던 해이다. 한국에서는 대학의 정년이 사립 국립 구분할 것 없이 공히 65세이지만 일본의 큰 사립 대학에서는 70세가 정년이었다. 그러니까 그해는 오무라 선생님이 70세가 되는 해이기도 하였다. 다른 때 같으면 한국 남부의 조그만 대학에 오무라 선생님을 초빙할 엄두를 내지 못하였을 것이다. 한국에 오시면 일본에서의 교육 일정 때문에 오랜 시간을 머물 수 없었고 또한 그 짧은 체류 기간에 연구와 관련된 여러 가지 일을 한다는 것을 잘 알고 있는 터라 감히 청을 드리기 어려웠다. 하지만 정년이 되어 학생들을 가르치는 일로부터 해방되었기에 이전에 비해 다소 여유가 있을 것 같아 모셨다. 그날 강연은 우리 학생들에게 퍽 감명을

---

[*] 원광대 교수.

주었다. 일본의 노교수가 유창하게 한국말을 하는 것도 그러하지만 식민주의와 문학이란 다소 낯선 주제를 너무나 흥미롭게 말씀을 하였기 때문이다. 이 강연은 나와 학생 모두에게 큰 자국을 남겼다.

강연을 마친 후 벚꽃이 만발한 교정의 호숫가에서 오무라 선생님 부부와 저녁 산책을 하면서 매우 특별한 청을 드렸다. '식민주의와 문학'이란 주제로 한국·일본·중국·대만의 학자들이 함께 한국에서 모여 포럼 형식의 학술회의를 하는 것이 어떤가 하는 것이었다. 당시 오무라 선생님은 정년에도 불구하고 계속 연구 활동을 하실 수 있을 것이라는 판단이 들었기에 이런 제안을 드렸던 것이다. 당시에는 건강이 썩 좋은 상태는 아니었기에 주저하는 바가 없는 것은 아니었지만 정년 이후에 적절한 양의 정신적 노동을 하는 것이 오히려 건강에는 좋을 수도 있다는 생각도 들었기에 감히 그렇게 했던 것이다. 오무라 선생님은 쾌히 승낙해주셨다.

오무라 선생님을 처음 뵌 것은 1992년이었다. 당시 중국의 연변에서는 고려학회 주최로 남북의 학자들이 모이는 학술토론회가 있었다. 학술단체협의회의 일원으로 운 좋게 이 대회에 참가하였는데 그 자리에서 오무라 선생님을 뵙게 되었다. 이 대회의 인상은 아직도 선명하다. 북한의 학자를 처음으로 직접 만난 것도 이 회의였다. 그 이후로 많은 북한 학자를 만났지만 이때처럼 설레던 적은 없었다. 중국의 동포 학자들과의 만남도 신기했다. 냉전의 섬에서 오랫동안 살아온 감각으로는 중국에 이런 학자들이 존재한다는 것 자체가 당시로서는 놀라웠다. 지금도 이때 만난 중국 동포학자들과의 관계는 끊어지지 않고 있을 정도이니 당시의 만남이 얼마나 큰 충격과 감동을 주었는가 짐작할 수 있다. 하지만 지금까지 이어온 인연으로 보나 공동의 작업을 보나 오무라 선생님을 만난 것은 가히 운명적이었다. 당시 나는 박사과정에 있던 학생이라 본격적인 학자와는 너무나 거리가 멀었다. 그럼에도 불구하고 오무라 선생님은 처음 만난 학생에게 친절하게 대해주셨고 나중에는 한국에 오셔서 책으로 둘러싸인 초라한 집을 방문해주시기도 하였다. 프롤레타리아 문학으로 박사학위를 받고 난 후에 한국에 연구차 오신 오무라 선생님을 뵙고 논문을 드렸던 일도 자주 떠오르는 즐거운 추억이 되었다.

  짧은 승낙을 받고 난 후 얼마 지나지 않아 다시 선생님을 뵙고 본격적으로 이 포럼에 대해서 논의를 하였다. 일본의 학자들은 선생님께서 주선하고, 중국과 타이완의 학자들은 내가 찾기 시작하였다. 그리하여 2005년에 이 포럼이 시작되었다. 이 쉽지 않은 일을 시작하면서 선생님에게 하나의 약속을 드렸다. 꼭 10년만 하겠다는 것이었다. 그 이후에는 선생님을 괴롭히지 않을 테니 10년간은 동아시아의 젊은 학자들을 이끌어 달라고 부탁을 드렸다. 보통 이런 회의들이 처음에는 거창하게 시작하지만 해를 거듭할수록 여러 가지 이유로 사라지는 것을 종종 보았기 때문에 필자에 대한 다짐 차원에서라도 이런 만용의 말씀을 드렸다. 지금 생각하면 무슨 배짱으로 이런 지키기 어려운 이야기를 했는지 모르겠지만 당시로서는 동아시아에서 이러한 종류의 모임이 없다는 것이 너무나 안타까웠던 터라 그렇게 했던 것이다. 내심 걱정이 태산이었다. 하나는 일본제국하의 동아시아 문학을 식민주의와 문학의 관점에서 매해 모여 공동으로 연구하는 것이 정치적으로 결코 쉽지 않다는 점이다. 과거 일본의 식민지 지배에 대한 해석은 지금까지도 여전히 한중일의 아물지 않은 상처이다. 조금만 잘못 건드려도 폭발하여 낯을 붉혀야 하는 것이 바로 이 주제이기 때문이다. 과연 이 회의에 참여한 학자들이 내셔널리즘의 장벽을 넘어설 수 있겠는가 심히 걱정이었다. 국경을 넘어야 한다고 주장하는 것과 실제로 넘는 것 사이에는 큰 강이 흐른다. 또 하나는 한국에서 매해 한다고 이야기했지만 비용이 만만치 않기 때문에 이를 어떻게 해결해야 할 것인가 하는 것이었다. 하지만 가장 우려된 것은 오무라 선생님의 건강이었다. 혈압 등으로 고생하고 계시는 선생님을 이런 일에 모셔서 혹시나 건강에 누가 되는 것은 아닌가 하는 걱정이었다. 너무나 다행인 것은 10회를 하는 동안 선생님은 줄곧 건강하셨고 동아시아에서 온 학자들에게 학문을 한다는 것이 어떤 것인가를 직접 몸으로 보여주셨다.

이 책은 10년간의 포럼의 산물이다. 일제하의 조선문학을 중심에 놓고 식민주의와 문학을 논한 이 글들은 일관된 문제의식을 갖는 것으로 그 자체로 하나의 단행본으로 손색이 없다. 처음부터 이 회의의 주제에 맞추어 글을 썼기 때문에 가능했던 일이었다. 흥미로운 것은 이 글에는 중국의 동북 지역으로부터 제주도까지 한반도 전체를 포괄한다는 점이다. 남한의 학자들에게는 다소 낯설 수 있는 북한 지역까지 망라하여 가히 한라에서 백두까지라고 이름할 수 있을 정도이다. 오무라 선생님이 조선문학을 연구하는 오랜 시각이 이 책에서도 여지없이 드러난다. 중국문학을 전공하다가 조선문학으로 바꿀 때 뜻한 바가 바로 이런 것이 아닌가 짐작된다. 오무라 선생님의 책은 이미 한국어로 여러 권 나와 있지만 이 책이 특별한 것은 10년 동안 동일한 주제로 열린 회의에서 발표한 것을 묶었다는 점이다. 필자의 과문한 탓이겠지만 이런 일은 동서고금에서 흔한 일이 아니다.

10년의 세월이 남긴 것은 이 책만이 아니다. 10년간 오무라 선생님의 그늘하에서 동아시아의 학자들이 함께 모여 공부하고 그 과정에서 많은 젊은 학자들이 배출되었다는 점이다. 지금은 더 이상 젊은 학자가 아니고 중견이기는 하지만 출발 때에는 자신의 전공에 가두어져 있어 일본제국하의 동아시아 문학 전체에 대해서는 거의 백지나 다름없었다. 매년 만나 회의를 하고 공부하면서 시야를 넓히게 되어 이제는 모두가 성장하였다. 이전과는 너무나 많이 달라졌다. 바로 이것이 오무라 선생님이 10년의 장정에서 이 책과 함께 남긴 것이라 할 수 있다. 앞으로 오무라 선생님이 없는 이 포럼이 어떻게 나아가야 할지는 이 포럼에 참가한 그 누구도 알지 못한다. 분명한 것은 이 빛나는 책이 그 도정에서 우리들이 길을 잃지 않게 하는 기억의 등대 역할을 할 것이라는 사실이다.

.